我爱这哭不出来的浪漫

严明 著

北京出版集团
北京十月文艺出版社

新经典文化股份有限公司
www.readinglife.com
出　品

我还站在这里

今年春节期间，我在广州的家中整理这本书的书稿，已至艰难的尾声。妻儿被我打发回老家外婆那儿过年去了，我进入了一种只有时间和文字交织的状态中，清静而紧绷。那段时间的身体似乎是亚健康的，但又是高效能的，像是我熟悉的拍照状态，只有思维与指头的相连。除了饿极了匆匆弄些吃食，倒是没有什么分心的事，我几乎可以全天地写。

可偏偏有一事搅扰了我。

大年三十的晚上，夜幕刚降，我还是嗅到了空气里旧岁与人世话别的气氛。吃了一个馕和一碗青菜鸡蛋汤——这是我自创的清淡保命食谱——已然摒弃了什么过年的概念。而后，我决定在阳台小憩，打开手机看看“朋友圈”，看看里面的人世间。在老家的儿时朋友中，在朋友圈的只有小四一个，刚与他打了声招呼，他就发来了一串这样的信息：“我刚从外面吃饭回来，在单位大门口遇见你妈了，她一个人站在那儿朝外看。唉，人这一辈子……”

我全然不知道怎样跟小四解释，我陷入了一种深深的沮丧。这刚刚拉开的除夕夜幕，登场的竟是我不能应答和回避的戏文。我不再能得意于自己的孤单清绝了，常理又在叫阵、围堵，偏偏在大年夜，我全无了与“几千年”和“十几亿”对抗的勇气，好几天无法释怀，直到出了年关，才淡然了些。那些拥有相同名字的时间似乎是可循环的，它们会准时再回来，情感不得不信任时间并囿于它划定的界。

除了给时间分段外，人们也乐于给行业划分类型。人生是渴求被辨识的，我们希望了解自己和外物的边界，定位身份，并决定去向。你是“摄影界”、“艺术圈”的不是吗？你有什么要诉诸文字的？没错，我是个摄影师，之前还做过文学青年、摇滚青年，去过唱片界、新闻界，改行、跳槽一直到没有槽。每个人从一出生，路就展开了，开始各种判断和选择，纠结于一途的好赖真假。社会存在大得没边，分工和门类也庞杂无比并且空前交融。我们习惯的封闭循环难免让人慌神，并因为惯性而失去诸多可能。最后发现我们不管在什么界里体验这一次生命，要对抗的，原来并不是行业圈定的高墙，而是整个时代。“敌阵”在令人目眩神迷地变，我们该作什么样的思考和应对？我们迷惘、追问，我们冲进敌阵抑或被敌阵冲进身体……当一个人预感到路走过一半了，再不思量一下整体，那就有点糊涂蛋了。如果我看见过问题与矛盾，如果我知道什么而不言说，那就无法对得起沿途所受的所有周济和体恤，轻慢了除了被称为作品之外的那些万水千山。

这是个机缘，如果可以，我愿意心怀惴惴地说出来。无意告诉别人我走过了多少路，倒是可以让人知晓我在每一个路口的徘徊，哪怕是让人看看这个不擅闪躲的人身上留下的所有车辙。我愿意和盘托出一个理想主义者的普遍性与特殊性，以及点点思辨。这本书不教赚钱，不教人如何改变世界，我想谈的是关于保本、关于如何不被世界改变。

去年秋天，我和朋友陈卓、小伍在襄阳的一个破落的小饭馆吃晚饭。聊兴正浓的同时，隐约听见邻桌两位男子说话的内容越来越显不俗。悄转头看，一位白衬衣年轻人正与一腰杆直挺的戴眼镜中年人对饮，他们面对着几个菜，喝的是白酒。仔细辨听，谈的竟是诗歌！我和陈卓瞬间对视了一下，我知道这坏小子想笑，但我们都没笑出声，毕竟这小饭馆的文艺指数陡然上升了。我开始回想刚才我们聊天的声音有没有过大，省得被人听出来咱这桌是摄影界的，让人纳闷怎么还有人为摄影而要死要活的，还谈“摄影向何处去”这样的大问题……

应该是喝酒的缘故，邻桌的声音渐大，也愈加恳切。“别的不敢说，反正在七言绝句这一块，咱们襄阳地区我定然是数一数二的吧……”“那是肯定的！”眼镜男说完，年轻人随声附和，一次性塑料杯被继续满上。动作也在变大，其间筷子掉在地上，捡起来擦了擦继续用；其中一人还猛咳了几声后把一口痰重重地吐在了地上。再后来，年轻的先走了，剩下眼镜男继续端坐，似乎有意延续着诗酒之夜的余兴。最后他叫来老板，得知朋友已经结了账，红红的脸上露出些惊讶，遂又吩咐把剩下的一切打包拎走。

这个事还是激起了我的同理心——什么样的追求爱好都有，遍布每一个角落，甚至还细分了类别，还有心理上的山头和座次。在一个人文之地，有人喜欢古风雅韵本不足为奇，奇的只是那些关乎灵魂又不挣钱的事，都会显得生态不良或像在铤而走险，安贫乐道的风骨气韵总脱不了些许狼狈和失态。

一切又是真实的，眼镜诗人显然没有被“不真实”长期培训过，我喜欢这真实。希望我的真实不会像在小饭馆那般被人听了暗自笑话：瞧把你明白的！我只是觉得，我做出来的和我想的，竟然在我的任性下对上号了，这源于我喜欢的与我做的相符。它们互为因果，也是我发出一声慨叹的依据。那些心头所好，其实可以慢慢慢慢成为信仰，成为宗教，成了你的思维和生活方式，就像有情人与你成了眷属——原来这正是你要回到的本意。

或许襄阳的眼镜哥能用四行绝句锁定我的一生，而我不会写诗。纯纯地喜欢过一些东西，蠢蠢地努力过，一生矛盾，但始终没有变得复杂。我认定了这样的人生值得一活，可以无限接近诗句，无限接近向美的皈依。在时间那最真实的界碑前，我已经不敢代表什么界。或许我可以用执拗的经历做一块碑牌，站立在一个路口，写上我们曾经那么爱和那么费尽思量，以及身体曾经的去处和精神溢出过的边界。

我还站在这里。

就如此站立着，笔直得像一句誓言。

我又想到我的妈妈了，想到她像是在等着什么的样子站在单位大院门口，在那个被尊称为除夕的夜晚，站在那里。虽然她知道、我也知道，在那个夜里，她根本什么也等不来。

严明

2014 年 5 月 20 日于广州

目 录

辑二　思量

辑三　因果

辑四　恩典

旅程手迹

抉择

我们喘着气，
为的是那些让我们喘不过气的时刻。

我的码头

“以前我们见过吗？”

“没有。”

“以后我们会相见吗？”

“不会。”

“我们会分开吗？”

“是的，你我都会死去。”

“你会想我吗？”

“我会，永远地想你。”

一切从重庆开始

相机的快门拨盘上刻着 1/2/4/8/15/30/60/125/250/500……数字越大，表示时间却越短。怎么那么像人生？年岁的数字越大，越表示一种局促。我执拗地用时间记录着生命，越是着力捕捉，仿佛越是难以捉摸。任何经意或不经意间，不安分的生命会悄然改变轨迹，直至面目全非。

一阵江轮汽笛的呜呜，惊醒我汗湿的梦，我起身拨开黏在脸上的头发，戴上眼镜，才发现船舱里的人们多已起身。穿过融混着柴油与江水的腥气的船舷，挤过人群来到船头甲板边上，就见到江水尽头浮现出影影绰绰的城市轮廓。层层叠叠的房子，就像这江上客轮的船舱依次层叠，从最底下的凌乱的散席向上依次是四等舱、三等舱直到头等舱，完成了从下半城的寻常世界向上半城的想象世界的跨度。身边一位见多识广的父亲在给孩子比画着："北边流过来的是嘉陵江，南边宽一点的是长江，朝天门码头就在中间……"两条江岸夹着大片的高楼在一坡巨大的台阶下汇合了。

这是自搞摄影以来，我决定前往的第一个目的地：重庆。这个城市给我的惊奇是巨大的，提供给当时那个疯狂的"扫街"爱好者眼耳鼻舌身所喜爱的一切新鲜感知。我记不清这是第几次登陆这座山城，可每次相逢都有着这般令我恍惚的惊奇。这片码头我已颇为熟悉，我几乎熟悉每一条从滨江路遛到原始江岸的小道，江边的传奇世界总尽其所能地给我无穷的变幻；还有那总是把我扯进超现实世界的蒙蒙雾气，把所有从俗世带来的烦闷抹平捣烂。我常想，如果最初到达的地点不是重庆，而是别的什么地方，我的摄影之路会是怎样？难以想象。我深谢这里的水与雾，给了我最初的也是无可比拟的滋润与崎岖。

朝天门，我的最爱。

夏日傍晚或秋冬好的天气里，朝天门码头的台阶上会坐满了人。三三两两一组，晒着太阳，高声说着话，吃着东西。我乐意安坐其中，看江水又东。耳边是酸辣粉、凉面的叫卖和游轮的“两江游、游两江，上有天堂，下有金碧辉煌”的招徕游客的喇叭声。有时我也会买一碗酸辣粉，坐在那儿吃起来，内心里的每一个细胞都在切切实实地提醒：“我在重庆”、“我在朝天门”。偶尔空中一架飞机掠过，间或一阵 80 年代的劲歌金曲从路过的高档摩托的屁股后轰然响起，真是让人喜欢得心都碎了一地，零落在那一片台阶上。

昨天，今天，明天拍下他们？那都是一种可能。起初我认为某些高潮图景总会在高潮的地点上演，所以我一直想在朝天门拍到一张不错的照片，配得上我寒来暑往上上下下的一往情深。但我又真心觉得，朝天门是一个好得可以不拍照片的地方。我心甘情愿沉静于此，我愿意每次面对它都恍若初见。但是，2009 年 1 月某日傍晚，朝天门台阶上一位贵妇身影的出现，让一切都得以改变。

她带着一身丰腴的气质，远远地就说明着与这江边的格格不入；她踩着颤颤的步伐，时时地交代着她对这码头的统摄。当时是我从上游的菜园坝往下，经过一下午的步行即将从滨江路走到朝天门的尽头。她的气场让我头皮一阵发麻，细汗随时准备渗出额头，手中禄莱相机早已调好了曝光组合。此时，她的步伐带动我的心跳，她的光芒，直视也像是一种冒犯，直觉告诉我不必离她太近，好让她的光芒有四散的空间。她那如同朝天门牌楼般高耸的发髻、高尚的毛领大衣裹起富态的腰身，全部重量交由穿着紧绷铅笔裤的双腿支撑，再汇聚于细细的高跟，将台阶直踩得咔咔作响。她从容地走入取景器的中央，快门的触发也顺从了她的从容。

她就是上半城遭遇下半城的故事，她就是下半城滋养上半城的缩影。

据说，下半城的游轮业务是她的生意，上半城的消费是她的生活。她那天的出现，完整了我对这上下的理解。这就是码头，有多少希望从这里登陆？又有多少结局在这里消逝东流？

遇见三峡

在深觉重庆的好的同时，就有把“点”描成“线”的心思。第一次在重庆时，网友“图钉”就找了一张纸，给我手绘了一张地图，跟我讲，长江继续往东流，再往下经过的地点是涪陵、丰都……

啊，榨菜，啊，鬼城！我想去。以前只晓得涪陵人跟浙江人抢商标的事，最终那里的榨菜不能叫涪陵榨菜，只好叫乌江榨菜，实在是冤屈。还有，听说每年鬼节之夜，丰都城的鬼都会跑出来，在夜的世界游荡，但天明之前必须赶回去……拿着那张手绘地图，我

高下、贫富、聚散，都是码头从来无须按捺的心事。

——《朝天门码头贵妇》 重庆

内心的小鬼也已漫山遍野。但那一次，最终没有去，因为是春节里有限的几天假期，只是去重庆这个从未到过的城市看看而已。年初八上班，是个死规定，初二出门，初六也得考虑归程了，如丰都的鬼，出来欢跑，但确实已经到了归期。

之前在重庆看着巨大的游轮顺江而下，像一幢豪华的大厦漂往三峡，就猜想那一定是很贵的花费，属于“高尚”旅游，没有几千块钱恐怕不行，而且这种游玩想必行程会很受限制。总之，我是坐不得的。

后来到了三峡腹地才了解，最美妙的交通工具是短途班船——当地人出行乘坐的一种体量不大的铁壳船。船分两层，很慢，伴以柴油机的巨大轰鸣声，在沿岸的镇与镇、县与县之间来回。停靠也随意，两边岸上只要有人远远地招手，船便慢悠悠驶过去接上。从奉节到巫山的几十公里水路，这种船左停右摆能晃上三四个小时，而船费却只需十几元。卖水果的、骑摩托的，甚至是牵牲口的，都可以上船，船上自然是丰富多彩的：多数人在巨大噪音中拉着家常，也有人聚在一起打牌。也会在酷热的暑天大家都眯盹着无人说话，却听到躺在板凳上睡觉的小伙子口袋里功率巨大的山寨手机突然来电，响起尖锐嘹亮的“死了都要爱”。

那里上通历史，下通现实。那里人好，车船费便宜；饭菜可口，仍是便宜。这些理由对于一个刚上道的摄影者来说，当然是求之不得的吧。三峡的人是神气的，就是有神仙气质。他们达观、洒脱，他们就像是演员似的，在江滩、码头、山坡上忙活着，就连发呆都拗着各种造型，在等你来。在江边走，不出两公里，就有“神人”出没，绝对挑战你的想象力。

在拍 135 画幅的那几年里，我热衷“扫街”，喜欢抓拍，迷恋各种位置瞬间，像一个新入武行的刀客，醉心于手起刀落的斩获。120 方画幅的使用和去了三峡之后，对我来说是一个重大改变：我开始隐约觉得自己是个抒情的人，它的操作节奏和获得的画面让我有了些不慌张而获得的力量。应和着川江的流淌，我愿意在那岸边行走，愿意跟船上的人们散坐在一起，看尽两岸和那里的人世风光，把自己粗糙的心揉碎在那儿的每一里水路上。真的要感谢这遇见，这慢船，这所有的三峡好人，我是在这里拍得“第一桶”照片的。

说到重庆以及三峡地区，绕不开的一个词是“码头文化”。

码头文化是什么？综合一下各种解释：一般来说指中下阶层围绕河岸货运商旅为中心的往来聚散集成。聚是吸纳性，什么都有，什么都可以有；散是流动性、过客心态。码头文化是一种平民文化，卑微者挥洒血汗为“利”，又因特别有流动性，因而很讲“义”在不确定中的维系。聚散快，谁也不认识谁，谁都可以登场，这是一种中下层无拘的自由。码头就像个舞台，往来的人和事在这里不停上演，像天上的云，合了又开，聚了又散。这也像极了摄影，以摄影的眼光看那码头，半个钟头后就会全然不同，舞台还在，但演员和节目就已经全变了。

我喜欢这种变。我愿意把这一切视作是生命中的“过往”。

我的码头我做主

一年夏天，我坐小班船过夔门。甲板上，一个光膀子青年农民离座站起来，大概是上厕所去了，我就过去在他的位置上坐下来拍照片。一会儿，他回来了，我连忙要将座位让还与他，他一摆手：“船上不讲这些，你坐！”转身又走开了。

“船上不讲这些”，这句话后来我回味了挺久。这就是我们的码头，我们同船共渡，我们都是这山水间一样没那么多讲究的、却有些情义的卑微者。

虽然我真正到达三峡地区时已经够晚，轰轰烈烈的大移民大拆迁时代已然过去，但摄影圈有贴标签的习惯，很快就有那谁谁是“拍三峡的”标签飞来。况且当时我还是记者身份，俨然是一位介入重大题材的报道摄影师。为此我也在一些采访里郑重说过：我没有在三峡地区做过任何一个人或事的采访，没有优先关心过某水利工程，我的照片没有对任何一个有头有尾的故事关心和负责过。

我用一推干净的办法想努力撇清与某种宏大主题的联系，当时我也说不出更大的意义来解释这种拍摄，那只是一个开始。在那里，环境以及人和事每天都给人感受，绝不需要再想办法搜刮放大意义、假装兴奋，这也是我觉得去对了的根本原因。中国是令人目眩的，我们生活在这里，满地都是意义，满地都是问题，有问题就有艺术。

说三峡地区是中国发展变革的一个缩影，还是比较靠谱的。也有人认为这种“后三峡”时间的介入反而更好，避开了纷纷扰扰的变迁时代，蓄水已渐渐淹没以前的人生，恰似站在前一时代的濒死体验点上，让人更有看到天堂的可能……

能不能看到天堂不敢想，我是要一个独立、清白的开始。

能上了这条让我如此随性的船，我自当珍惜。这是我的码头，是我要做主的时候。我决定这么做下去，像抽丝剥茧一样，我要把它扯出来，编织起来。当我倚在旧班船的窗边往外看，轰鸣的柴油机震得窗户玻璃吱吱作响，一切都不会让我厌烦，我一样听到了自己的心跳声。撞见的兴奋，慢慢变得耐心与和缓，我知道，急与不急，都是我的人生。

我的码头是走累时的一碗面、一钵粥，是远处的夕阳和经过近前的一张陌生和亲切的面孔。我要走更多的路途，或许码头是一片永远都看不到尽头的昏暗水域，我可能注定一生泗游。

我们都爱米妮

“到洋人街去”

重庆郊区有一个“洋人街”游乐场，初识它的人会认为那是个雷死人的场所，雷得有规模、有气势、有组织、有计划。

这片在重庆东郊长江边上的一块丘陵荒地于 2007 年之后逐渐热火起来，建起了一个非常好耍的游乐场！这个乐园不要门票，经营吃喝游乐的商家进驻若干年免租，并特别鼓励有奇思妙想的创意项目。主创公司在场地里修筑了“金色大厅”、“旧金山花街”、“圣安东尼奥河”……还有世界上最大的厕所、山寨长城等等，极尽荒诞神奇之能事。商家也把自己的店铺整得各具特色，玩尽花活。重庆人民在这里走着、吃着、玩着，看着街边各种信念笃定的搞笑标语：“世界上本来有路，走的人多了，也就没了路。”“有困难要帮，没有困难创造困难也要帮。”“新婚就吵架，吵架致小别，小别胜新婚。”“爱情啊就像是鬼，相信的人多，遇到的人少。”……时时刻刻让你觉得走进了一座欢乐无忧的超现实主义乌托邦。

草创时期的洋人街更好玩。那时候地还比较荒，任何拔地而起的怪诞之物都倍显魔幻，混杂着洋气与山寨的悖论。一切都在提醒着人们，时代进入了不可遏制的异动期，让人再也宁静不得。

我喜欢洋人街那种不羁的欢乐。这种欢乐对于中国人来说是很稀缺的，因而是重要的。国人不快乐的原因各有不同，但似乎真的可以在某个地方暂时集体欢乐一下。重庆南滨路旁边的山石上曾经挂出一行巨大的标语“到洋人街去”，一切已不用再多言，娱乐豪迈且自信地为生活在迷茫中的人们提供了一揽子解决方案。

洋人街有女骑士策马徜徉，有坐满中外演员的 cosplay 花车巡游，有外星人盘踞的城堡，以及各种水上、空中的游乐设施。现实消费结合了童年记忆或渴望，可能更容易撞击出火花，于是这里成了舞台，演员是所有人。只要我在重庆停留几日，洋人街都是我必去看看的地方，甚至三天两头去，或故意安排路过。哪怕不拍照片，就在那转转玩玩，去山坡上坐一会儿，看着那朝朝暮暮上演的欢乐又真实的戏码。

她的背影

2009 年春节，我从四川凉山出来，疲惫不堪，特意经过重庆休整两天。就是那次，我遇到了那只米老鼠——确切说应该是米老鼠的女朋友，米妮。也是那之后，我对洋人街的看法变得不同以往。

那是1月的某天，傍晚，洋人街快下班了，游人渐渐散去。我在一个小山丘上也准备离开。一抬头看见前面走着的她，装束齐整，孤零零地沿着坡上的小道往山下走。红绸白点的衣裙，束着腰带；大大的黑绒头套顶着两只大圆耳朵随着步伐呼扇着。最可人的是细细的腿上套着的大鞋子，吧嗒吧嗒的，不怎么合脚似的。我跟在后面掏出相机开始拍，边走边拍。由于走动时低着头对焦特别困难，我只拍了三张。回来冲出胶卷时发现另外两张由于过于激动和奔跑的原因虚焦了。好在留下了这张，比较满意的一张。

我记得当时米妮对面的坡下还突然有人迎面走上来，一个男人抱着个小孩，已然进入画面了。我没有让画面出现更多人物的打算，于是当机立断向侧面挪动了位置，让米妮的身体挡住了对面的来人。你现在在画面上看到，米妮的右手是抬起的，那正是她在与对面男子怀里的小朋友打招呼。

跟着那位米妮女演员一直走到坡下，她在路边停了下来，摘下了头套。我不好意思近处盯着看，径直走过一条马路，在路对面回头看。米妮拎着帽子，靠在一面墙上，跟身边两三个环卫工人聊天。这时候我才发现，米妮原来是一位身形瘦小的中年妇女！头发因为一直戴帽子已经很蓬乱，而且是汗湿的。我远远地在路对面看了很久，她与那几位环卫工说着话，有时还低下头笑一声。我的

既然绕不开怜爱与惆怅，我就很难为一个背影的秘密守口如瓶。

——《下班的米妮》 重庆

心情变得不轻松起来：洋人街断不是我前两年喜欢的那么轻松的样子。

我想，如果要是从一个摄影记者的角度来看这次相遇，我可能会跟进一番，可以拍一组关于米老鼠一天上班的故事，做一个“图片专题故事”，记录一下她的换装、吃盒饭、休息，甚至跟去拍她的家庭。然后排列成一组，发表在报纸杂志上，也可能蛮有意思。但是我想，我需要的可能不是图片故事，而是“有故事的图片”。她那个穿着大鞋子的拙拙的背影，在傍晚行在一个曲终人散的山寨幻境里，我觉得已经足够。

图片永远是独立的个体，四方边框内，向观者传递完感受，述说完一切，是其责任。一张图片不应该跟其他图片有相互依赖的关系。如果发生在某个时间段的一个事件中，产生的某一张最具代表性的照片可以打败其他照片，那就应该选择这张照片，其他的规避。这是我一直坚守的信条。

第二年的一次，我再去洋人街，竟然在一个路口遇到一只“唐老鸭”，是在游乐场内人多的路口给游人提供合影服务的。我当时也去合了一个影，就在我们亲密合照的当儿，我听见唐老鸭在我耳边说话：“两块钱一张哈，兄弟……”是个女人的声音，原来也是女的扮的。我连忙说：“好嘛好嘛，来嘛。”游客付的那些零钱，被唐老鸭塞在大手掌心的一个小口袋里。她的生意不错，熟练地收钱、找钱，很快摆出欢乐的肢体继续与游人合影。能感觉到她不想把报价、收钱弄得那么明显，特别是不想让小孩子们看到，以免影响这种路遇的欢乐。她的有心化解了某种可能的尴尬，让欢乐气氛持续飘浮。

也就在那时，我也突然推测出来那位下班的米妮的身份，她应该也是做合影生意的人。那一天，不知道她的生意好不好，游人渐少时她步行下山准备收工，她并未摘下头套，或许是要在下山的短短路途中再试试运气。也因此有了她与迎面过来的路人挥手的动作，那是她当天最后的努力。

只是她不知道，在自己的瘦小的身形后，跟着一位摄影师，拍下了她并不沉重的样子。其实摄影师没有多少机会给别人讲什么幕后的故事，或许也不应该有什么幕后要讲。在摄影里，表象即内容。面对一只米老鼠下山的故事，大家都心生欢喜，不需要知道太多，创造欢乐是应该的。

后来，这张照片不知道被发表和展览了多少次，甚至总有不少观众在展场跟它合影，就像洋人街的游客与工作中的她们合影；我也总在一旁微笑着看着人们喜欢的样子，一如我在马路对面偷偷盯着下班后的她看。想必欢笑着的观众们不知道洋人街在哪里，也不会想到两块钱的小生意的辛苦，更不用体会作为摄影师的我对她的怜爱和惆怅。

我们的命运是一样的

同年冬天，就在圣诞节的前一日，我又去到了洋人街，人多嘈杂，我便背着相机去周边逛逛。于是沿着江边一条小土路，一直往东走。经过一大片垃圾场，应该就是洋人街堆放垃圾的地方，见到一位拾荒的人在那里徘徊。他生了一堆火，一会儿又起身在垃圾堆里走走，翻翻。一片寂静，偶尔有一窸窸窣窣的声响。仿佛在外太空，只有我俩和漫铺的垃圾，气氛似乎有些紧张诡异，像许多杂乱的东西郁结在一起。我不知道是拍还是不拍，好像只能停在那里等时间过去。

过了好一会儿，拾荒人从地上找到了一截烟头，又将一根木枝在自己的火堆里引燃，再用它点着了那截烟头。只见他缩起脖子，猛吸了一口，然后烟从鼻孔喷了出来。时间和空气的凝结似乎也随着那阵烟打开，慢慢流淌起来。也就在这会儿，远处洋人街上空，一只硕大的热气球在雾霭中缓缓升起，七彩、浪漫，刹那完全消解了紧绷的时空与内心苦楚。我也按下了快门。

我想说，我拍过的、我遇到过的这些人们，我是爱他们的。我对现实越悲观，对他们就会越爱，因为我觉得我们的命运是一样的。同生同死的众生理当平等，众生应该相爱、相安。

我心脆弱！我从来不喜欢把我的照片弄得太沉重。我一直觉得一组照片拍了十年还是十天并不绝对影响画面的水准。摄影时是搭

艺术明确了我们对时空流转的疼痛或感伤，也会捎上一点希望。

——《拾荒者与热气球》 重庆

专机去的，还是搭拉砖的拖拉机去的，也不直接影响画面。我觉得摄影重要的是表达了善与爱的情怀，珍惜并抓住自己爱意闪耀的时刻。关注与我们相同命运的人，是他们让我们的生命不孤单。

总有一天，我们会发现那些非职业表演的演员才是最好的演员，或者他们的生命本身就是角色，而不必是演员。他们冷静、朴素、节制，却那么浓情地在这个世界活过，并与我相遇。

大道从不远人。

爱，就深爱，把最好的、爱的样子留给他们。

时间的姓名

一念之间

去年在微博上见到史航老师转过一个帖子，内容是这样的：

> 《僧祇律》中说：1 刹那者为 1 念，20 念为 1 瞬，20 瞬为 1 弹指，20 弹指为 1 罗预，20 罗预为 1 须臾，一日一夜有 30 须臾。换算结果：须臾 = 48 分钟，弹指 = 7.2 秒，瞬间 = 0.36 秒，刹那 = 1 念 = 0.018 秒。

惊叹！我不知道这算是知识帖，还是冲击脑仁的哲学帖。我在转发的时候写的是“时间的姓名”。随后见史航老师又转，说：“为右边牛逼闪闪的五个字转。严兄，你按快门，就是在一念之间啊！”

是的，就是一念之间。摄影师看惯了相机上的快门速度标示，甚至熟悉多少分之一秒的快门声音，却不知在古代，就有如此精细的时间进制划分。很感叹古人的心思，各种短而又短的时间被赋予了优雅又令人敬畏的名字。这些看似被抻长了的时间的姓名，在实际生活中看上去几乎没有什么用，只是让人读来陡然有了紧迫心。这些被精细划分了的时间，想必只有过得极紧、动作极快者才用得上，才能在它们经过身边时迅速叫出名字，它才能为你一回眸。没错，摄影师就是在这么做。

一次快门的释放，绝大多数都在 1 秒以内完成，比如是几十分之一秒，或者是几百分之一秒。为了形成这一秒之内的发生，需要更长的时间准备、酝酿，这种准备和酝酿往往要一大段的时间。长期独立思考的点滴，汇聚起来，形成灵光一现的瞬间，恰如时间的河流中突然跃起的晶莹水滴，只是发生在一念之间。

在做摄影记者的时候，与几位同行讨论：一年中除了干单位的活之外，有没有十五天可以以自由创作的形式拍照片？我们仔细算了算，没有。如果这样的话，和另一个自由地持续拍一年的人去比较，结果会怎样？上班的人即使三年才能拍四十五天，也去忙着参加各种展览，实际的效果和质量可想而知。不管评论家们怎样剖析摄影的风格、门类，可是面对当下中国摄影，我一直有这样的观点：摄影师分两种——能持续拍摄的和不能持续拍摄的；照片也分两种——好的照片和不够好的照片。没办法，是现实让我们现实，是具体让我们具体。这其实已是一个关于状态、水平方面的最低配置。从技术层面讲，时间问题不只是速度问题，还是效率问题。对于摄影，“心动而身不动”的人很多，他们反复分析、咨询，每天都花很多时间在想何去何从，非得闹清楚了才肯行动，犹疑在将一切放缓；“身动而心不动”的也不在少数，艺术的闪念怎么也不出现。摄影只能做个业余爱好，相机只是个健身器材。

生命属于我们只有一次，一切都需要时间去完成。

泰戈尔说：“蝴蝶计算的，不是月份，而是刹那，蝴蝶拥有足够的时间。”要是按小单位算，人生好像显得很丰盛：有暴多刹那，狂多瞬间，极多弹指，挺多须臾……古人的这种划分是不是在制造一种安慰呢？可生活中没法用这么微小的单位去计量时光，就像挖耳勺不能当汤勺用，牙签也不能当筷子使。大把大把的有姓名的时间被打包花掉，无可怜惜。直至最后发现被打包的它们其实是个轻飘飘的整体，它的名字叫——一辈子。

除了这一生，我们又没有别的时间。

只有时间是个问题

重庆的好友七哥，五十出头，年轻时就很爱好摄影，至今也没有放下。只是常年因为自己的生意忙，没有多少时间，但摄影一直是心中的挂念。每次我到重庆，他都会尽力抽出一点时间陪我去拍照。

前年夏天，他开着吉普车带我一起去四川，七哥是开车的好手，总能把车开得很流畅。我就负责在副驾驶的位置上瞭望，并陪他说话，防止他开车瞌睡。七哥是个经历丰富的人，我喜欢听他讲自己的往事。有一次竟听到他说“我觉得剩下的时间不多了”这样的话，心里不是滋味。人生就那几十年，谁敢说自己剩下的时间还多呢？如果把人生比作一个礼拜，周一、周二的人可能不会觉察什么，周三、周四的人，是会很快就挺进周末的吧。真不知道怎么会有“人生路漫漫”、“漫步人生路”之类的歌，人生，哪里路漫漫了？

那次回程时，在经历了大凉山那已经溃烂的公路颠簸之后，终于开心地驶上了高速，顿觉舒畅。不久，我便看到路边不远处出现一片连绵的山包包，山上布满坟茔。那应该是个大型的墓园，众坟依山起伏着，在天空低低的阴云下，满满当当。

“七哥，你看，那些用完了时间的人……”

我的一句感慨，带来了一阵沉默，接下来是一串慨叹和议论。之后很久我还时常想起那个场景，那一片连绵的坟茔。迟早我们用完了时间，离开地球表面。这世界分分秒秒都有婴儿降生，地球是住不下的，旧人要给新生的人腾地方。要不然，太挤了，恐怕是会在银河系中坠落的。而后，那些“须臾”、“刹那”的词汇再也不会用来形容我们的任何事。

我们是不愿意去想死亡的，但不应该忘记死亡。我们容易把时间花在那些已经明白了，却还在装作不明白的事上。其实我们都清楚，祖先留下的智慧就在案头，知道它好得很，但自己用不用它，永远要拖延着决定。直到把它们拖成更古典的智慧，把我们拖延成古人。可是，人生如白驹过隙，忽然而已，根本容不得我们徘徊、虚假。

在我看来，多大的主题也莫大于时间的主题；一切悲怆的故事，莫不是时间的故事；最浩大的成本，莫过于时间的成本。

相机用每一个咔嚓声与过去告别，但摄影用极短的时间凝固了情境的极大值，它是凶猛的。毕竟，有画面凝固你的心，它便是你爱这个世界的证据。那一念之间，便是千年聚于一瞬，便是天上人间，它不可回放，它永不再来。

只有时间是个问题。

后来的归程，七哥的车开得更快了。

永不出差

豁出去的决心

以前在单位上班的时候，每次去外地拍照片，儿子会说“爸爸要出差了”。辞职之后，每当我收拾行李要出门时，儿子还会问：“爸爸你又要出差啊？”大概在他心里，大人出门做事情，就是出差了。

我试着纠正他：“不对，爸爸这不是出差，被公家派出去干活叫出差，爸爸这是自己派自己。爸爸不喜欢出差，所以才辞职了。”这个有点绕的答案可能让他更纳闷，一时半会儿是纠正不过来的，他还是太小。

几年前的一个展览上，杨延康老师问我是不是还在当记者，当时他说，到了三十五岁就不要再干了，原因是“经济不独立，人格就不独立”。这里，我无意否定任何职业从业者的人格，其中的意思我想应该是：在上班之外，有些事需要动用更独立的人格去做、更忠于自己的内心去做，而且该有时间观念了。有些事是需要梦想家先去做的吧，敢不敢一步步去做，实际上是信心问题。有句话说得好：为什么会有一扇门在那里，是因为首先那里有堵墙。

广州一位女作家听说我辞职后，在网上叹道：“理想和现实，生存和生活之间，竟然可以选择。”我看了挺纳闷的，作家平时不就是探讨这理想和现实的吗？怎么会产生感慨？没错，我选择了。听说人类的烦恼就是来自有选择，因为时常会面临“两样都想要”的局面。太多人认为这是一种冒险的选择，动摇了绝大多数人认定不可以动摇的东西。领导、师长、亲友来好言相劝的很多，我也听够了“艺术有风险，投身须谨慎”的逆耳忠言。

“你知道人类最大的武器是什么吗？是豁出去的决心。”伊坂幸太郎曾用这样的句式明确告诉过我们。

我在给报社递交辞职表格的时候，一级一级找领导签字盖章，一位对我有点耳闻的大领导看着表格中的“辞职理由”问我：“你说是因为个人原因，是什么个人原因呢？”“身体原因吧，我身体不太好。”为了顺利而快速地办妥，也为了给领导一个台阶，我毫不犹豫地诅咒了一下自己。“嗯，好。”于是他签下了“同意”。其实说身体不好也有道理，就算是我脑子坏了吧。一切已渐行渐远，转不过弯来了，回不了头了。钱，我挣过的，志不在此。

辞职之后不久，因我自己要办社会保险，保险公司让我提供离职证明。我打电话回报社人力资源部，电话那头的女领导声音轻柔却宛如铁板，说“已经给你了呀，在档案袋里”。我说给我的档案袋是密封的，我怎么拿出来呢？她说："那你不能拆开，除非你不找下一个单位。" 也就是说，在我真心要找"下一个单位"之前，我也不能自费买社保。体制的绳索在我逃离后竟然还追着送我一程，看来最终要与它恩断义绝了。

这也不是叛逆，我只是不想一直等到与不爽反目时，发现已没有机会和时间，那样更被动且悲哀。要做的事，都要在时间里实施，我还有更要紧的事。人流太汹涌了，我们都是跟着这个时代在走，我大概是属于那种跟着跟着停住了脚步的人，想了又想，然后还想跑到别处和跑回去看看。

不管这是不是个理想的时代，我要去实现理想。

跟自己生活在一起

黄金周，高速公路堵塞，旅游景区乌泱乌泱的、人满为患。这种时候，是我要特别避开的，人多拍不成照片，物价又被抬得死贵，是断然不能混迹其中的。宅在家中，看着网上各地黄金周灾难般的场景，心中还有一丝庆幸：定期袭来的疫症又被我躲过去了，就像唐伯虎挨揍时说"幸好我及时地护住了脸，英俊的相貌才得以保存"。假期结束，大家纷纷回去上班了，人类的纷扰消停了，便到了我这样的人出门的时间了。不想当"黄金周摄影师"，就要在非黄金周时间走上一条“离群”的路。

要上演的是“当众孤独”还是“我要作死给你们看”呢？反正，我要用冒险的方式去做这个事了，因为我觉得不去冒险比冒险更危险。在这个社会上，“不乖”的代价是巨大的。离开体制，无疑是选择了最大的“不乖”，而这个“不乖”带来的首当其冲、最立竿见影的难为就是钱。因为你选择了要面对坐吃山空，甚至时常会有来自内心的没有着落的深渊感。

但是，自由的空气是新鲜的！

与之前的所有身份都拜拜了，我可以看看自己什么都不是之后，究竟会是什么。当我在给别人提供简历时写下“自由摄影师”时，倍感新鲜奇妙。“从众”的生活要变为“从己”，由与众多人相处变为与自己相处。我甚至发现，从小到大几乎是第一次如此近距离地跟自己生活在一起。面对任何事，原先的同事协作、行业经验、个人脾气什么的都不好使了，消失了。脱掉了种种外壳，低头看看自己尚有一些天真还在，甚好，今后就要过与它相守的日子。自己的一切行为都将是自己说了算，都不再是“出差”。

一切将归为具体。具体，是我对摄影的一个重要认识。一切要落实到“是就是是”、“有就是有”。决心是可用的能量，但决心还远远不是我们努力的终端。可靠的思维与行事变得空前重要，必须不虚假，必须不敷衍，必须不懦弱。

一念起，万水千山。

把自己身体和情绪都融入到自然的循环流转中去，是件奇妙的事。可能前一天还是人意山光俱有喜态，第二天就是盘缠和身体两败俱伤。前年冬天，我一个人从衡山最高处的祝融峰往西，到了藏经殿再往南下山，伴着林间的夕照走了五个多小时，行至掷钵峰时，便再也走不动。一会儿冷一会儿发汗，我有些头昏，索性在峰顶大石上歇息。四周空无一人，寂静无声。已经可以看到远处山下南台寺的塔了，前两年来时认识的正休小和尚就在那塔边住，苦得只有一床一桌。还有旁边的福严寺，里面的登愿师父从爱好摄影改为主攻画画了，不知道现在画得怎么样了。每次来衡山都会见他们，听他们跟我讲些佛的道理，但又怕见他们，特别是正休师父，每次都跟我念叨放下、放下。我真的想跟他说，我已经放下这么多了，也只能放下这么多了。跑出来看看这个世界，还不就是因为放不下。掷钵峰，好名字，莫不是有某个和尚在此扔了饭碗的故事？我想在这多待一会儿。真正出得门来，总是把时间压得过于紧凑，不是累就是急，很少能有气定神闲的时刻。我更索性在大石上仰面朝天躺下，拿出手机，打开“埙”软件吹上一曲，送一程高天流云。我仿佛在这自然的高空中悬停了。

散落在野外的着慌与聚集在写字楼里的自危，我心里知道，同样是不好过的。它们偶尔也会在我心头蹿出来，打上一仗。几秒钟之后，“野外”就打败了“写字楼”，还狠跺上一脚。

我知道那些曲折的背后，都安放着一句笔直的誓言。

——《登愿师父》 衡山

像一次凯旋

传说中的四十天外出摄影疲劳周期很快就到了。每次出行一个多月后，身心开始倦怠，便是想回家的时候了。

每次回到广州，快到家时，我会给儿子打个电话通知。他会开心地跑下楼，来院子里迎我。头发变长了的儿子会腼腆地盯住我看，想必他也有熟悉的陌生感。平时在家的时候，是我给他理发。在我小时候，也一直是我的父亲给我理发，这就形成自家备有理发工具的传统了。每次出门前，我就把孩子的头发剃得很短，脖子上刷一圈他特别喜欢的凉凉的痱子粉。一个多月后回来再看，脑袋已经长得毛茸茸的了，又可以再理一次，再刷一次凉凉的痱子粉。儿子见到我时总会憨笑着，像是不知道说什么好，总会有一句“爸爸我好想你啊”。我也总是笑着抚着他的头，让自己背着大包的身形尽量轻松舒展，陪着他坚定踏上楼梯走回家中。尽量让每一次回归看上去都像一次小小的凯旋，起码要像一个不那么疲惫的战士。

不善表达的妻子总是在我进门时微笑着说：“欢迎回家。”是的，我不完全是为他们而出行，但一定是因为他们而回还。

儿子总是会很快问我，有没有给他带玩的或吃的，这也是以前我出差时落下的毛病。虽然现在已不是出差了，但通常只要回程不太匆忙，我也总会给他带一点儿小东西，比如在一些学校附近的小店里，给他选两样很便宜又看着挺像样的刀枪。

广州的气温总是那么适合冲胶卷。回家后的几天，我总是尽快冲洗完那些不能报销、却又是确确实实被我在各个地点报销了的胶卷，将它们显影之后再看一遍，再经历一次几十天来的所有指望与失落。

伤心的夔门

登赤甲山记

瞿塘关的夔门，记不清多少次乘船而来。每每船儿经过时，我总事先占好船头位置，把胶卷像子弹一样摆在身边，随着偌大的夔门山体由远及近，始终兴奋地按动快门。同时想象着当年李白也是这般飘然东去，心情逐浪荡开。我一直觉得这里应该是地球上最荡气回肠的所在，虽然我也没去过什么外国。

北侧的半岛上，有个瞿塘关博物馆，是最得天独厚的所在。古代是扼守东面的入川咽喉，高处有炮台、垛口，临水的地方还存有匪夷所思的锁江铁链。博物馆不大，主人姓魏，大家都叫他魏老师。魏老师也时常在那居住，练习字画。他对这块宝地也极有感情，2009 年夏天，我与重庆的朋友王远凌和石涛路过拜访，他就劝我们一定要去爬夔门的最顶峰赤甲山。当地百姓叫它桃子山，我们要登的，便是那桃子的尖儿。最终我们禁不住鼓动，决定在那酷热的夏天去完成登顶壮举。

魏老师介绍了一个院里的农民工给我们做向导，是当地人，由他带路。其实一直也没有什么路，走的是雨季流水冲刷后形成的卵石沟，两边乱树杂草，感觉周边温度能有40度以上。中午出发，至天擦黑时还是没能赶到，只好在山脊上找了户人家住下，待第二天一早再登顶。这户人家是向导的亲戚，十分破落。本身就不是旅店，晚上所有人势必要横着挤在一张木床上。难以想象在这快到顶峰的山上居然还有人居住。向导晚饭也没有吃便要下山，说次日要去南方打工了。我们赶紧给了向导费一百元，这是魏老师帮着说好的。向导很满意，并交代这是他的亲戚家，他们会做饭给我们吃，住一晚，第二天主人再领我们去山顶。至于钱，可随意给，他们都是本分的农民。

晚饭是土豆片炒腊肉之类，其他的不记得了。主人用柴火做饭后还顺带给我们烧了洗脚水。

晚饭后，坐在屋前黝黑的山坡纳凉，一片寂静中望着遥远处山下明灭的灯火，依稀分辨着它们的位置：山脚下的地方应该是草堂，更远的西边是白帝镇吧……恍惚觉得这是暂别人间的时光，仿佛不必再去往任何别的地方，能将周身凝固在这从古时借来的暗夜就已足够。

记不清后来我们是如何支付主人家心意的了，这实在不是一个“随意给”可以置换的良宵，似乎怎样做都是亏欠的。只记得那晚我不想早睡，也怕在将来会忘掉这样的夜。

次日凌晨，我们便起床，随男主人去进行登顶的最后路程。很快就到了。

赤甲山顶远望，苍山如海。气象变得空前的大，像是在飞机上看下界的一切。奔来眼底的长江已像一条水带般蜿蜒，柔化了我们的急迫与劳累。那里最高处还真是有一块凸出去的石头，坐在石头上，脚垂在外，便不敢再挪动一丝一毫。连与身后人说话，都不敢贸然转动脖颈，好像脑袋的转动都会改变身体的重心平衡。浑身的毛孔都紧缩，魂魄却要随时扑腾着蹦出来。极致处看极致的景象，简直是刺激得如周身扎满通电的银针。激动的消散需要时间，我们玩了好一会儿才想起来拍照，相互留影，王远凌似乎已不知道怎样才能表达激情，断然决定裸体留影，就在那尖顶处。虽然是背对着镜头的，但他的动作竟然是瑜伽，在清晨的夔门之巅又给我们平添了一层震撼。

我们喘着气，为的是那些让我们喘不过气的时刻。

为你唏嘘

下山的路依然长，过了中午也没有地方吃饭。头顶的太阳更毒了，下半身在热力四射的荒草间寻路，好像怎么走也走不出一个巨大的蒸笼。如果当时问我最需要的东西是什么，那肯定不是吃的，也不是喝的，我觉得应该是“睾丸冷却器”！

下午回到魏老师那里时，我们都已经被晒成了“红人”。

那天下午，我就在炮台的垛口上拍到了猴子。

魏老师介绍说，那些猴子，好像是从小三峡或者是峨眉山调来的。李白当年还见两岸颇多，但现今本地已经没有了，千百年来生态还是变化了。魏老师是不喜欢那些猴子的，说当地官员刺激旅游心切，才多此一举。那些猴子把岸边的树梢都啃个精光，很让他伤脑筋。更主要的是又没有太多吃的，还需要每天有工作人员撒些玉米之类的喂一下。其他的吃食，一般就来自游人了。

由此看来，我拍到的那张猴照，看似有亘古的悠闲，其实背后还是有着复杂的背景的。它们是外地来的“群众演员”而已，也不知道背井离乡的它们能否在那安居乐业。

去过的地方，拍过的位置，再路过时，我总想再去看一眼。时过境迁，特别是曾作为作品的情境，在照片中已经常常观看，再回到原地时，现实的场景反倒变得陌生。联想起拍照当时的情境、天气、那次转瞬即逝的机缘，以及当时身边欢笑的朋友……一切又都不是了，着实会把人引向伤感。单单是那间隔几年的时光转眼不再，就足以让我心中一阵唏嘘。

两年后的一个秋日，一个人又路过瞿塘关，我决定再去看一下那些猴子。天下着雨，我打着伞，买了票，穿过索然无味的白帝城，坐渡船到达瞿塘关炮台。因为雨天几乎没有游人，炮台阁楼的门是锁着的，管理员见有人来，才出来专门为我打开门。猴子们还在眼前，似乎少了一些。我干脆在台阶上坐下来，看着它们蹿上蹦下。我还从旁边小卖部买了两包花生撒给它们吃，只是再也分辨不出它们中的哪一只是我曾拍下的那位了。那只在杂志、网络上、展馆里展现多次的猴子像是在故意躲着我似的。

想着这些猴子竟然有着为路过的游玩者提供快意情境的使命，心里愈加难受起来。

我没有再拿出相机。花生发完，便觉得要走了，从台阶上站起身。雨还在下，小了一些。

此地不可久留，不可久留，我已敌不过这故地重游的伤感。我晓得敏感对于我来说或许是好事，但似乎又应该爱惜这一点点情绪，我不能把它摆在眼前这锉刀上反复地锉。曾经在某地燃起的焰火，再见时情境全无，光彩不再了。也像精彩的舞台大幕合拢后，再来时已空空如也。

无限思量，徒留怅惘。剩下的，是一种掏心窝子的空。其实明知会如此，只是心里总放不下。江水还在拍打着山石，江山其实永在。它们连自己是不是美的都根本不知道，也更不会难过，只是看它的人容易多想，并时常陷入多情吧。

一声长长的汽笛声割断了我的沉默，低头望向江中，有大游轮驶过。大游轮顶上有人在向岸上的我用力地挥手。我，也猛力地挥手。

“应该如此”与“本来如此”隔着万重山、一千年，越思量、越熬煎。

——《夔门的猴子》 奉节

胡辣汤与三等舱

好吃不贵

小时候听坏人教唆，把家里的水龙头水流拧得极小，让水细细地流到缸里，据说这样弄，水表就可以不转，可以省下水费。最终水表转了没有，我也没再去核实，但“细水长流”这个词却有了活生生的现实图景。这也让我深深懂得，想免费活着是一件多么难的事。

穷家富路，是对出门人的关怀和忠告。对于长期要以出门为职业形式的人来说，就不能一直富着过了，须节约节约再节约，简言之，细水长流。

一日三餐，三日九餐，出门在外时都要自己去寻。虽说天下没有免费的午餐，但好在天下好吃又不贵的东西还是不少。

重庆、河南这些地方，很多东西好吃不贵，比如面条。重庆的小面就是销魂的食物，每次想想它就抵一次荡气回肠的旅程。虽然叫小面，但它是完全可以当正餐的，甚至可以三餐食之而不厌。十几种调料凝聚的麻辣咸香，每一根都叫人不舍，吃了这顿想下一顿，我甚至还会算着要离开的时间看还可以吃几次。每次往面摊上一坐，我已会用重庆话叫道："老板，三两小面，少海椒，青菜多点儿……"听着老板悠扬地答道："要得——"然后麻利地进入做面的流程，我就知道我要进入这几块钱就可以置换的美妙人间了。

胡辣汤是从小就知道的，到河南后才晓得它起源于古代救驾疗病的故事，但这个传说也并未能将它带入奢华的地位。一碗胡辣汤，配以烧饼或几个煎包，我本以为算是很豪华了，后来见有店家的招牌上还写着"优质胡辣汤"，让我一下子搞不清是怎么回事。原来，是店老板要把消费拉开档次，所谓优质，是里面的肉类内容更多，更高档一些，也更贵一些。这样一来，自己吃或是请朋友，如果说来碗"非优质"的胡辣汤总有点不是滋味，除非是根本不想吃那么多肉，或者干脆就是穷人，踏实喝一碗普通的、平民级别的胡辣汤作罢。

胡辣汤的发源地是周口的逍遥镇，是好友孙彦初的家乡。逍遥镇，单是这名字就够惬意！每次彦初念叨起这个名字，脸上总是带有一丝得意的美气。总是引我们追问：你什么时候带我们去逍遥镇喝胡辣汤？那里家家都会做吗？要不你开一家店吧，我们都去喝。

传到各地的胡辣汤，口味总会有些变异。正因为彦初来自原产地的身份，每次我们一起喝胡辣汤前，总让他先检验品评一下。他也极认真，像肩负着整个逍遥镇的百年荣光，隆重嘬上一口，再抿上两三秒才揭晓答案："嗯，就是这个味儿！"每当此时，大伙便奋袖出臂开心喝将起来。当然这样的时候不多，多数情况是见他撇嘴咽下，报以几分恨铁不成钢的轻笑，不语。

河南的另一种名吃是羊杂汤，从十块到二三十块一碗价格不等，主要区别是羊肉量的多寡。十块钱一碗，只能以汤为主，二十块钱以上的碗中大半都是羊肉。老板首先会问"要多少钱的？"让你在点餐的时候自己把价也给定了，拷问你的胃口和实力。这个时候是不用问孙彦初的，因为事态已经变了，从一个艺术问题变成了数学问题。

还有一种"杂面条"，只在河南乡下才有，像剩面条重新加热做成的糊糊，还有一些菜叶在内，浓稠得很。样子很不好看，却有令人意外的美味。一块钱满满一大碗，真是管饱。只是这种面实在廉价，不像那些肉汤有内容可以提升，进不了体面的馆子，只能走平民路线了，也因此我只在一些乡村集市的小摊子上遇到过。

确实该感谢那些好吃不贵的食物，它们一直在滋养民间，并一直没有与民间翻脸。

三等舱情怀

消费分等分级这样的事，出门的人最容易感受到。除了吃的东西，还有在不同的交通工具上的体现。飞机高铁不同的舱席先不必说，我在重庆一些地方的长途汽车站见到过把不同档次的客车区分了等级，挂上了“高一”、“高二”、“高三”的字牌。它们差别不见得很大，但还是让你在窗口前掂量一下自己到底属于高几。就算在绿皮火车上，你可能也可以看到靠窗户坐着的老板模样的人，在吃饭时间悍然拿出啤酒和烧鸡，高高卷起袖子，亮出戴着手表的胳膊开吃。所有的表演和道具无非在彰显其旅程的豪华，以及他作为人的优越或高等。其实，这一切连同交通工具也都暴露了他在通往富贵道路上的真正座次。

人以等分，我打小受的教育就不是这样的，更何况是用钱来分。比如坐轮船，舱位是分等的，一等舱到五等舱，分布在不同的楼层上，相应的服务设施和服务员脸色也依等级配发给你。想着为了器材安全和休息好，通常会买下一个三等舱床铺，于是获得的感受会最为“立体”：楼上有两层更好的，好到什么样尚不清楚，只是听说有餐厅、歌舞厅，甚至还有游泳池。楼下还有两层更差的倒是知道，肯定不是卧铺了。就这样，天下大同的情怀被夹在三楼，英雄的标尺遂被折成了数段。联想着楼下的木板座席和楼下的楼下可能连座位也没有的散客舱，同时假想着跟楼下两层在情感上是一伙的，怀着嫉妒和恨在内心里讨伐着楼上和楼上的楼上。

不知道自己是真的不习惯看到人以等分，还是不习惯自己没有啥钱而被别人分了等。江水拍打着船舷，和着偶尔的汽笛声，裹着水汽和柴油的气味，不一会儿就浸没了三等舱内那个肉身中蜷缩着的人间关切，于是肉身轰然昏睡了过去。

艺术家也生活在现实的物质框架中，他们受着被框取的苦，同时也被明示：痛苦解决之道就是物质阶梯的爬升之道。如若不然，你可能会更糟，你还会降舱、留级、掉队，甚至可能被时代的列车抛弃。都说摄影师用摄影提出问题，可是问题像经历一样，都被毫不留情地留在了原地。当发表、展出这些问题的时候，真不知道应该高兴还是难受。摄影师去捕捉问题，却总在被问题捉弄一番后归来，他们展示了问题，其实隐藏了逃离问题的自己。

在心情不好的时候，空中偶尔划过的飞机、远处飞驰而过的汽车，甚至天边飞过的群鸟，都常会让我心中有一丝紧张感忽然跃起张望。似乎全世界都在忙碌着，只有我是清悠的，而这清悠，是用了时间、责任等做了抵押才得以维持的存在。如此凌乱又紧绷的世界中，一个穿行于山川湖海间的，原来是一股夹在三等舱的尴尬又无奈的俗世情怀。

尼采说，“在自己身上，克服这个时代”，而现实的路径却是：在这个时代，克服自己的身体。

屌丝摄影住店指南

一夜栖身有学问

太阳终于西沉，天色暗到没法按快门了，憋着的那口气松了，收工。可是心又旋即紧起来，因为接下来是一天中最难最痛苦的事——找住处。

住店是有讲究的，所谓讲究只是积累的一些适合摄影师的穷经验而已。住店主导思想是经济、安全和卫生，毕竟是出门在外，这几点还是要尽量保证。

旅馆多的地方一般是火车站和汽车站附近，但那一带人流复杂、卫生无保障，通常不选。离车站不远、拐到旁边的街道上去的店，才比较合适，一些老街道上的旧式国营旅馆往往会不错，要么因为房间、设备老旧会很便宜，要么是私人接手后重新装修了，外表不怎样，住着却实惠。在城边靠近高速路口稍显荒凉的“迎宾路”上往往也会有宾馆，它们的名字通常是“顺达”、“鑫源”、“悦来”。位置偏一点，旅馆生意往往不会太好，像我这样避开旺季出门的人，通常在宾馆里遇不到什么其他人。这样的旅店老板不会有什么心理优势，甚至是笑脸相迎的，通常可以还下价来。

商业区、主干道的宾馆通常太贵，它们的名字往往叫“丽都”、“景江”、“帝豪”。那些带旋转门的、前台大的，特别是对面墙上挂着一排东京时间、伦敦时间的圆钟的，还是都算了。“今日房价”的牌牌上写着什么 188、288 的，实在让我见了就烦，转身就走。明明是玩虚的没诚意，中国人还偏搞这套，很多还不让还价，真是岂有此理。遍寻无着时，那些门前有个电线拖到路边，连接着一个摆在地上的灯箱，上面大大的方块字写着“住宿”或“停车住宿有热水”的，也往往是适合的目标了。

不管好赖，还价是必须的，还价也是痛苦的。

当然也会遇到一些自尊心极强的老板，可能确实给出了底价，就再也还不下来。有一次在河南栾川一家旅馆问价，老板说房价一百，我和朋友执意说九十。老板突然很受伤，怒了，说一百也不让住了，把我们轰了出来。

如果是跟朋友一起开车出去，会选出“代表”轮流承担进店问价的苦差。时间久了，每次“问价代表”从店里一出来，坐在车上等候的人就可以从“代表”的神情猜测出谈妥了没有。憋着笑、脚步轻快挺胸出来的，那就是谈妥了。他还会愉快地向车挥手示意往哪个位置停，显然占了很大的便宜，根本不需要跟大家商讨。要是低着头出来、目光呆滞，悻悻回到车边拉开车门上车就坐下来的，就不用问了，直接把车开走。肯定是太贵，不是我等居留之所，再谈会伤及集体自尊，离开再寻便罢。

如此这般，寻找可住之店总是在满意和便宜的剃刀边缘摇摆。尤其在下午拍照已经很累的情况下，又迟迟难定宿在何处，情绪会相当低落，真不知什么时候才能把自己放平在一张床上。狠狠心住得好点吧，钱很受伤；索性图便宜，卫生和安全又得放下。也遇到过十块钱一晚的店，房间小不说，房间墙上凿了一个洞，空调就横着装在洞中，与隔壁房间一边一半。这种“一拖二”的空调设置实在雷人，隔壁房间的嬉笑、鼾声如在耳畔，这是怎样的夜晚！

我倒没有刻意一个人出门，特别是跑长途的时候，常需与几个朋友联手才能“干一票大的”，车费、住宿、吃饭合伙，以求经济。我曾跟朋友仔细算过，如果完全独行拍照，一个人吃饭、一个人住一间房，在没有强有力的经济支撑的前提下，结果就是三个字：拍不起。

前年在搬迁得快没人了的老玉门市，我们一行五人刚结束了敦煌的高消费重创，住进了一个武装部宾馆，恰巧有五人间，总价六十元。这样的旅店住进之后，整个晚上嘴都是咧着的，谈论着如能天天这样住店，那摄影还是大有希望的。住下后如果能再寻到一个便宜的饭馆，那就更锦上添花了，就是个人创作史上少有的熠熠生辉的一天了。

几个人一起吃饭，菜只要不点多，一平均就可以体现出来节省。有一年在山东，饭店老是用收费的套装餐具，两天之后我们就在饭前让老板撤掉几个，只留两套拆开来把杯碟碗盏分着用。当时我偷偷瞥了一眼饭店老板，感觉他的下巴都快掉到胸口了。

多人间是商旅不发达时期的遗存，不多见了。三个人一起出门通常会住标间，打一个地铺或把床合并起来睡通铺。其实三人间往往没有洗手间，只能去公共卫生间，冬天的晚上会比较痛苦，也往往不能洗澡。如果在乡下转了两三天没有澡洗，或者是前一晚住的地方太差，和衣而睡，那么在新的站点就尽力设法找一个能好好洗澡的店。吃饭也类似，连续拍到了好照片，也会想去吃好一点奖励一下自己；连续拍得不好呢，就哭丧着脸吃个面将就了。对精神的奖惩，原来都可以向它的寄主——肉体来进行兑现，反正它们是一家的。

我是新的！

在河南，还有一种可以住的好地方——洗浴中心。遍地开花的洗浴城在冬天特别显示出勃勃生机。外表金碧辉煌，可一点儿都不贵，一个多人间，一百多，能洗又能睡。开封、平顶山这些城市都有极兴盛的洗浴文化基础。只是我一人时不敢去，行李放在多人间里去洗澡太不放心。赤身裸体地离开自己的全部家当，是多么恐怖的一件事。总害怕洗完回来时，全世界都背叛我而去，那才叫“输得个精光”。

要是整个房间都是自己人，那一切就不同了。有一年春节，郑州几个摄影师朋友知道我在开封，就开车来找我，把我从河南大学对面巷子里的一间家庭旅馆拉出去住洗浴中心。入住程序是这样的：进大厅，开房间拿手牌，然后在旁边的一间房子里领毛巾和换穿的衣服。还要换拖鞋，自己穿来的鞋子须寄存在这间房里，离店时再来换穿。总觉得存鞋像是在做抵押，出了问题让你跑不成。店员总会问“鞋子要不要擦，十块”，我们也总回答“不擦了”。办妥了一切，我们住进了一个多人间里，一切变得亮亮堂堂，暖暖和和，欢欢乐乐。大家洗完了澡在暖气充盈的房间里盘腿坐在白白的床铺上开始畅聊“艺术人生”。

连日来每个毛孔里的烦恼苦寒都被洗净冲走，在这个夜晚突然得到了温暖慰藉。特别是每个哥们儿都穿上宾馆里统一提供的花花大短裤和圆领衫，像极了一屋子红光满面的老板。全然忘却明早还要在楼下那间房换上自己那双带泥巴的鞋子，再次投入到寒风中去。

洗衣服是行脚途中的大事。遇到旅馆里既有热水又有空调时，就是集中洗掉所有脏衣服的好时机。在街上买个小袋的洗衣粉，或者用旅馆里的小袋装的沐浴液或洗发液，都可以开始痛洗。洗完后，挂到空调下面，开足热风吹。平时我的包中会带有一根结实的小绳，是以前展览时挂照片用的，需要晾衣服时它就派上大用场了。房间里晾衣架根本不够用，就把绳子在空调上绕上一圈，让整个空调口下都可以搭上衣服。一时间，空调嘴巴下面挂满各色长短内外衣服、袜子、鞋垫，联合国开会一般，甚是壮观。空调如果够猛，很快就能吹干，那就把身上穿着的脏衣服换下来，再去怒洗上一轮。洗得已经没得再洗时，还会像一个尚有余勇的斗士般有点小小失落。

嗯，好在明日我已一身洁净，洗净像是一次整理运动，我是新的！如同刚出门时，心气也是新的。也如同重新洗好了牌，迎接一场新赌局似的，想想连梦都甜。

藏胶卷的故事

时常突然伸手去摸一摸兜里或包里手机、相机的轮廓，确证它们的存在，这是出门养成的悲催习惯。还有每次进旅馆房间，都看看门锁是否结实，还要打开窗户看看有无护栏、外面有无跟窗口连通的平台，是否存在安全隐患。

最重要的财物，无非相机和胶卷了。

每次离家出门，会带上五六十个胶卷，拍完便回来。一开始的时候，胶卷刚启用，自然觉得保管好相机是最重要的。随着拍摄的进行，安全重点从“保相机”转为“保胶卷”，因为胶卷上陆续印上了那些机不可失、时不再来的画面，诸多惊喜和指望要一路背负着，

承载的梦太多，祝愿才老旧得像个遗迹，但尚可容我一夜栖身。

——《淮阳饭店》 淮阳

直到最后的揭晓。

到一个地方住下，接着就要出去拍照，随身只会带上三四个胶卷去拍，其他的胶卷，特别是已经拍完了的胶卷怎么办？全部带在身上四处走又太重，那只有放在房间里。在乡下，经常会住进很没有安全感的旅店，有可能门锁是松动的，或者干脆没有锁，这太揪心了。

只有“藏”这一个办法！

把胶卷用塑料袋包好，开始找房间里最隐秘最不容易被发现的地方，把小时候所有捉迷藏经验和所有谍战知识全都调动出来，这可不是游戏也不是演戏，这是要玩真的了。比如把旧沙发搬开，掀开其后背，把胶卷包摆进沙发腹中。最常用的办法还是藏在床底下，床板掀开，一般见到的是乌黑的灰尘和各种脏兮兮的垃圾，不怕，越脏越说明常年没人动。轻轻把胶卷包放在床下一角，再轻轻把床板放下，连位置移动都看不出来，便是最佳。然后再理好床单，这样就连老板或来打扫房间的服务员都不会觉察有什么异动，不会发现我那些有着无限寄望的宝物。于是才放心地关了门，出门拍照去。

等晚上回来，迅速关好门，第一时间掀起床板，直勾勾地盯着角落里的胶卷包，拿起捏一捏，狠狠地告诉自己“胶卷还在”。打开取出，再将新拍的若干胶卷并入，盘腿坐在床上，再点一次总数。这也是一种小满足，像牧归的人又清点一次自己的羊群。

“嗯，你们又躲过一劫！谁知道你们将来会不会震撼摄影界呢？”每当我要沉睡时，阿Q会偷偷地来。

钱

几年来，非常多的人私下里饶有兴致地问起过我：你到底是怎么坚持下来的？仿佛面对一个“死结”，肯定有个解开它的技术秘密。这也是个行业的问题，因此，我们索性在这里聊一下这个令人难为情的话题。

有钱的人不见得搞艺术，搞艺术往往从没钱开始的。

一句残忍的玩笑话说：摄影就是用光的艺术，把钱用光。

如果一个爱摄影的家伙，好好上班攒钱，买了一辆十多万的小车，可能会得到同事亲友们的赞誉：勤劳持家、会过日子、性价比高。如果他突然顺应了灵魂的召唤，买了台价值两三万元的相机，那就往往令人咋舌：败家玩意儿！不走正道……

常言说，有钱花在刀刃上。中国人的刀刃是衣、食、房、车，灵魂却往往不是。

钱的话大家能听懂，灵魂的话就不一定了。

就在我为辞职“蓄胆”的时期，有一次我在报社旁边的拉面馆按惯例吃着炒面。不一会儿进来一位我曾供职的前报社的同事，摄影记者，似乎已经升为组长或副主任，显得非常疲惫的样子。我们互相点头打了招呼后，他在不远处一张空桌前坐下。“老板，来碗拉面。”随后又追加一句：“给我加五块钱牛肉吧。”后边这句追加，声音要小一些，同时他斜侧过头，冲我尴尬地笑了笑，叹了一声“最近太累了……”

五块钱牛肉，似乎代表不了什么。那个时候，我知道我跟那些原来的我，早已经不同工也不同酬了。我觉得实在不必再在这个单位周边磨叽了，我要去某个远方，为我自己的事去累一累，说不定我还可以去兰州吃到最正宗的牛肉呢。

吃不饱饭的时候，人想要吃饱饭，这个不难理解。到能吃饱饭的时候，中国人会这样想：我要吃得更饱更好，我要我们家千秋万世吃饱吃好！人体器官里，记忆力最好的可能就是胃了，没有比爱食物更诚实的爱。多数人觉得，能铁定保证自身和基因安全的前提下，或许才可以去搞一下艺术。对钱多多益善的追求，多源于一种考虑，那就是安全，自身和基因的安全。搞摄影“穷三代”、“毁一生”的咒语也确实太吓人了。中国人是穷怕了的、动乱怕了的，毕竟几十年前还有饿死人、人整人的事。不安全、不信任带来持久深度的不安，不安迷症的最佳解药似乎就是钱，人们要装它入袋，来为自己撑腰，壮胆。

辞职后的几年里，总有好友委婉地问：最近状态怎么样？生活问题怎么解决？说实话我很烦这类问题。有一次把我问急了，我说：

你不就是想问我是不是能吃饱饭吗，为什么总有人跟我讨论能不能吃饱饭的问题，怎么没有人跟我探讨吃饱饭后应该干什么的问题？想想自己，实在是简单和天真的。有人说："欲望和天真绝对无法做伴，你既有欲望，就拿天真来换。"无欲想要保卫尊严，天真的浪子给出的答案是：不换。

我们常说"离开什么什么的怀抱"，体制也可以替换到这个句式里去。既是怀抱，应该有两层意思，除了约束，还有某种依赖、保护的意思。也就是说，在离开之后，有一种不被管理的失落。数钱数到手抽筋，和睡觉睡到自然醒显然只能取其一，这是件要命的选择题。思来想去，多数人还是选择早起了，不睡那么多就是了，也省得手抽筋。

艺术圈里"暴富"的故事，最能让大家聚在一起时津津乐道了。成为打赢了"通关"的真英雄，"才子终于过上了衣食无忧的好日子"，总能引无数半路上的准英雄们竞折腰。他们的钱虽然不给别人花，但给别人希望，让人看到彼岸一般，产生"致富的冲动"。

钱总是一位当红的艳星。与之裸聊，能平静的，都是神。

我当然也曾深深地为钱所困，特别是在没有收入又要大把花费的时期。上帝造了人，最不负责任的事之一就是让人有灵魂但又不能脱离肉体。肉体需要吃饭获得热量、能量，每天还要吃上三次，真是不嫌烦琐。

2011 年冬天，我与王远凌等几个朋友在西北拍照，在一个傍晚潜入兰州，准备好好吃一顿牛肉面。进了面馆才发现那里的面不像外地那样，在面上摆几片牛肉，而是另点一盘切片的熟牛肉来配面条。一问，熟牛肉是七十块钱一斤。大家商讨后，决定点上二十五块钱的牛肉，大家共同吃就可以了。于是选派在旅程中管钱的王远凌去点牛肉。一块硕大的熟牛肉前，师傅轮起大刀开始切片，王远凌在一边看着。娴熟的动作很快让一片片牛肉陆续倒在案上，师傅切得起劲，完全没有停下来的意思，眼看奔着半斤而去。“好了，好了！”王远凌开始叫停，而大刀还在飞舞。“师傅！师傅！！”我方的声音由急迫的叫停变为厉声制止，面馆的人都转头去看，我们面面相觑地笑，仿佛不太好意思让人知道我们是一起的……这是上一次遇到五块钱牛肉事件之后，又一次“内牛满面”的记忆。

现实就在身边通体赤条地浪叫，而艺术总在守着活寡。

几年前的大理摄影节上，有一天我白天忙完展览，晚上发现有人找到房间里来要买照片。那一次算是我经历的一个转折点，依稀让我看到了不靠工资而自食其力的可能。记得面对那并不多的钞票，我点数的时候冒出的是家乡话，又不好意思大声，引得身边的朋友发笑。中文系课本里说“语言是思维的工具”，安徽定远话就是我最深层的思维工具，数字读音全是第四声的，听起来十分笃定。以前在外拍照，晚上躲在小旅馆床上，把拍完的胶卷摊开来点数，也是操此语言，好像只有用它才真实可靠。

其实数钱并不比数胶卷快乐，更何况我清楚那些钞票意味着什么，谁都需要钱。对于我来说，有了它们才有新的胶卷和车票，才能有更多的抵达，才能续航，才不会从我迷恋的空中掉下来。我们也不会是作为别人眼中的“吃苦典范”而活着的，一直义务在别人的朋友圈中饰演“流浪汉甲”、作为向别人警示艺术的风险而存在。

艺术就是艺术本身，它不应受制于与艺术无关的任何东西。不该被好与不好的境遇左右，也无须被他人的话语摆弄；知道自己的快乐在哪里，对自己的作品负责，硬才是发展的道理。不多说了，钱是题外话。题外话说多了，就是外行。

有些结，解不开，其实可以努力将它看开。

思量

身体和生命，
构成了人生的全部迷局，
我们要有足够的耐性用身体穿过生命，
并保持发型不乱。

谁先动心谁先死

可不可以不担当？

我是反题材者，抗拒命题作文。我这里说的题材，不是指摄影内容的分类、样式，主要指以“主题先行”去拍照这档子事。

摄影师必须是照片的一部分。搞命题作文的人，其实是无视自己的存在。一切伟大的影像，因你和你的眼前所见而起，而不是你脑子里的什么意见要你眼前的一切变得怎么样。在中国，摄影师习惯命题作文，不自觉地为和谐或不和谐寻找“印证”，这些都不是新添的毛病。

罗纳德·里根说：“我之所以喜欢摄影师，是因为你们不提问。”不要相信题材能救你，不要相信图文并茂。摄影是哑剧艺术，学会先做个哑巴。画地为牢的故事和苦大仇深的担当，都不应是摄影的规律。摄影是一次次切实的视觉抵达，从无题材、无主张开始，在有限的时间内用情怀与身手完成自己超时空的表达。

第一次听到范玮琪的歌《可不可以不勇敢》时，我就很赞赏这个面对爱情的一反常理的提问。担当与不担当，是一件让我思考了若干年的事情，脑海中竟常常浮现起这首歌，并化用这个句式——可不可以不担当？这是不是一种方式，更能直抵答案？

曾几何时，纪实摄影是媒体摄影师的专利，或者说容易在摄影记者群体里显示出训练有素的水准，因而业余摄影师或者发烧友会跟着这个路子就去了。从而出现了大量“为赋新词强说愁”的应景照片，这种缺乏自身真切经历与感受的创作方式，制造出海量的空洞照片，让摄影这种表达形式显得肤浅而无奈。摄影记者拍图片新闻或专题经常主题预置，受已知信息的框制在所难免，经历和体验式的视觉对撞尤其稀缺，想想就觉得这问题大得离谱。

2009 年秋天的一个傍晚，我在广东清远的北江边转悠。江里有些人在游泳，一些人站在一块伸进水中的土坝上看，我也走过去闲看。在我右手边的一个“大只佬”引起了我的注意。广东话说的“大只佬”即大块头，而这个人的相貌体格却不像南方人，黑红脸膛单眼皮，倒像是内蒙古人或东北人。反正我是看他挺萌，看着江水发呆，好像还哼着小曲，我就加了留意，站在他旁边没走。

一会儿，他弯腰摘了一朵小野花，拈在指间，继续看着江面发呆。我感觉“此人有戏”，于是端起相机在胸前，低头开始调焦。我之前很少拍离得很近的人像，也根本不喜欢拍青壮年男性，我会觉得这种拍摄是有进攻性的，是撩事。当他捏着小花放在鼻下闻的时候，我觉得已没有时间退后了，那花太小，而他的块头又太大。就

喜剧的奥义是冒犯，天真的本源是少年。

——《拈花大叔》 清远

在我犹豫之时，拈花大叔悄然转头，指间的小花也跟着转过来。他发现相机的炯炯的眼神像是给我的一道指令，我没有再犹豫，果断触发了快门。人物年龄、体态、衣着、表情、环境，包括那朵成了道具的小花纠结于一瞬，成了我本人最喜欢的作品之一。因为我确信，这是一次诸多现实前往精神层面的一次小小的、有意思的联欢。

或许正是因为我跟他之间有那小花的缘故，这红脸大汉随即还不好意思地一笑——我知道他原谅了我。

现实的发生和内心的冲动都是难以预设的。我不知道米妮也要下班，不知道大叔也会嗅野花，现实从来没有干枯，它常常能超出想象的预期。其实，有什么样的内心就会捕捉什么样的照片，好的花朵一定会为你的诚实、天真而盛开。小情景也可以做到举重若轻，小情歌也可以唱尽一切古往今来。

一首乐曲或歌可能需要数分钟才能被呈现并被完整了解。而图像要来得更“残酷”，它要在几秒钟内被观者了解、认知。一切都承载在画面上，画面不成立，什么都是虚空，图片说明和话语权都帮不上忙。它的内容、影调、风格、情绪、主张等都要在很短的时间内共同说话。因此我也觉得，摄影里没有通过解释才能看到的世界，不应该有正常生活中的人看不懂的照片。如果有，那就是摄影师自己出了问题，他没有能在画面中完成传达。没能成功传递感动，就是“乏术”的，就不是艺术了。视觉艺术的语言和音乐一样，具有可直接交流的特点，不必费力地要用一种语言去诠释另一种语言。

说教和规范，如果还在作为摄影的拐杖，只能说明意识形态的自私和作品本身的残疾。带有你的兴趣和情怀的画面会击中观者并打开他们的情绪阀门，这才是艺术。艺术家不是酷得要命的个人情调的独享者，而是启发、打动他人有术的魔术师。

谁先动心谁先死。在动了感情之前，不必先动心机。心机是会被看出来的，那叫心机之作。

穿着内衣的题材

题材只是一个缺乏想象力的伪命题，智识上懒惰的借口。凭借道德直觉，或依赖现成的道德经验披挂担当上阵，而不是以实证感受来实施创作，就是在出发前就缴了枪，主动领一副枷锁镣铐再走，然后在去跨第一栏时就难看地摔倒在地。就像人生，我们没有谁是为了某个题材而生，也不会因为活得没有题材而死。这个世界，曾经与现在存在的所有总和，就是题材的总和。人和事摆在那儿，道理就跑不掉。我们只是要找到心底和眼前最纯粹、最强烈的东西。

我曾拍过一位坐在床边更衣的女孩，她叫梦溪。自小在英国读书的她，几年前的一个暑假回到广州，和我在我的个展上认识。她问我能否为她拍照片，开始我很抗拒，因为从没想过应邀为一个文艺女青年拍照。她说自己在大学读艺术，也经常给国外摄影师做模特的，想看看在中国摄影师镜头里的自己是什么样子。还特别交代我不必有什么顾虑，尺度、美丑都不在她的考虑范畴之内。我觉得这姑娘心态很好，也是给我自己练胆的一个机会，于是决定一试。

我们相约在互为陌生人的状态下开始那次拍摄。拍了三天，郊外、影棚、她的卧室都有，各种着装甚至无着装的都有。总之，拍了很多场景很多张。最终我认为成为作品的只此一张，是更衣过程的自然抓拍。不多的光线从合拢了帘子的窗口进来，洒满床边垂下的大花裙、黑短发和踮起的涂了甲油的脚趾头，还有那双手正在整理着的半透明的青春。

第二年暑假梦溪再回来时，我还将这张照片的手工放大版赠与她，她自己也很认同这张来自中国的优雅含蓄，将照片小心地带回英国去。

后来，尽管我反复地跟好奇的朋友声明，我非常佩服和敬重这个懂艺术的女孩。我告诉他们，拍摄中最大的难度其实是我在调度“除衣”的时候，那些指令词汇是多么的难说出口！但总是有人反复问着“难道没发生点什么？”、“不会连手也没牵一下吧？”有几次在幻灯交流会上，放到此照片时总有好事者强烈要求“细讲一下”。讲你妹呀！兄弟不才，让诸公失望了。

如果真要我说出感悟，我想说：通过那次拍摄，我懂得了——艺术问题不是你多费劲或想怎样，也不是尺度问题。不是谁比谁长得好才更有胜算，也不是谁比谁更有经验去复制某种模板，而是我

其实是不期，才成全了偶遇，给了我最完整的惊鸿一瞥。

——《内衣女孩》 广州

们共同的、对身体和生命的一次没有准备的打量和一声慨叹。当然，也不是我非得牵过她的手。

是我在拍摄这张照片时，我的双手在颤抖。

打开正常之门

木匠的秘密

你能自由地动用自己的思想吗?

这怎么会成为一个问题，这成了问题，那该多么有问题?

过去，我们在集体意志里浸淫太久了。我们受过太多的艺术教导，告诉我们很多“正确的逻辑”和“完美的趣味”，历久经年，形成了认知习惯。依其行事却总是“一寸相思一寸灰”，水深火热中迟迟找不到自己的自由彼岸。是船出了问题? 还是航行搞错了方向?

相当多数以摄影为工作的人，包括媒体摄影记者、商业广告摄影师，由于领导、老板、客户、同行等的压力，慢慢会把自己原有的艺术语言、智慧丢失殆尽，慢慢练就了一身淘宝客服气质，像温水煮了青蛙，青蛙浑然不觉。常听到商业广告摄影行业的朋友哀叹：客户要那样搞，老板让那样搞，自己想搞一些艺术创意却根本得不到施展，因此只能日复一日地做着“行货”交差度日。客户要那样搞，是客户认为百姓受众喜欢；老板听客户的，那是因为客户给钱。

到头来，作为自认为有艺术才气的摄影师，最终还是从了土豪，艺术从了大众商业审美。自己说了不算的艺术家，最苦。真不知道从什么时候起，挣钱和搞艺术活生生成了一对矛盾。

有一次从成都回广州，在飞机上看到一个报纸的文化副刊版面登的一则小故事，令我在三万英尺高空深有所得。故事是这样的：

鲁国有个木匠名叫梓庆，十分擅长削木做成悬挂钟鼓的架柱，看见的人都以为是鬼斧神工，惊叹不已。鲁侯召见梓庆，请他为宫廷干活，问他其中有什么奥秘。

梓庆答道："没有什么奥秘，但有一样，我准备做这个之前不敢多想什么，而要用心去斋戒，静心。

"戒斋到第三天时，我就能忘记'庆赏爵禄'了。即不去想干这个活会有什么封赏。戒斋到第五天，我就可以不去想'非誉巧拙'了。即大家说我做得好也罢不好也罢，我都已经不在乎了。

"到了第七天，已不为外物所动，忘掉是为宫廷做事了，仿佛忘掉了自己，达到忘我之境。于是我可以进入山林了：静下心来，寻找我可用的木材。观察树木的质地，看到形态合适的就砍回来，顺手一加工，就成为现在的样子。如果不是这样的感觉，我就停止不做。"

木匠梓庆斋戒了七天，其实是努力忘掉了利益、荣誉和体制压力，穿越了三个阶段。

“虽由人作，宛自天开。”他做到了最好。

看到这个故事后我很惊叹，记得我还将报纸上这块小文撕下来带走。一直也挺庆幸自己能在学摄影之初看到这个故事。

通，则不痛

打通做到最好，放下走向自由。有朋友跟我说，自己的相机也不错，好多有名的地方也去了，但总觉得有什么问题，总觉得自己拍的照片拿不出手。症结可能是它们不是自己身心合作的最佳，而是去给记忆中别人的照片复制一个现实翻版。基本手艺又没有别人精，自然觉得作品拿不出手了。

视觉艺术的工作，“打通”是个根本。摒弃“主流意志”、“权力话语”，说自己的话、说人话。不将自己的身和心限定于任何一个职业和资质里，能自由地去动用自己感、思、说的能力。然后，视觉的生理反应就可以告诉你真正的好与坏。道法自然，说起来简单，其实首先要做的就是“疏通工程”，首要的事就是赶走坐在心头的那个巴拉巴拉的唐僧，做自己的“政委”和“指导员”。

如果被种种教条蒙蔽过，觉悟之后也是要花时间把感觉“扳”

回来的。不然，根本走不好、也走不远，因为根本走不通。除非你不走下去，否则还是要回来；或者是老了，再也走不回来了。我们见过有的人开会一发言，就要念稿子，就算不念稿子，说出来的话也是像念稿子。要改，说不定得下辈子了，这是一件很悲惨的事。

早年当我还在搞乐队时，有一次参加一个演出，前面有一些其他的表演，我们乐队坐在台下看。记得有一个幼儿电子琴表演，一群大概只有四五岁的小女孩在台上兴高采烈地弹啊弹，统一梳着两只直立的小辫儿的脑袋，还随着简单的节奏充分、猛烈地左右摆动。当时坐在我旁边的乐队鼓手就指着台上的脑袋们跟我说："将来我的小孩要是在台上这样，我一定会冲上台把他给拉下来。"

我非常理解他说的话，因为当时我也正错愕不已。

一定要那么猛烈地晃头吗？晃头跟那首曲子有什么关系？是哪个老师让你们晃的？他也是那样从小晃大的吧？如果不是情非得已，如果不是自然流露，你摆头作甚？我们常说，给孩子好的教育，不要让他们输在起跑线上。不自然不真实的人生已然开始，虚假做作让孩子们已经输在了启蒙线上。乐器是可以学会的，头晃坏了可如何是好！很多人在准备搞艺术的时候，却不知道从小到大，这个管道已经被人下手给堵了。这可不是一个什么艺术道路上的陷阱，而是从小、从一开始就在这个坑里，没有上来过。

小时候看过一部南斯拉夫电影《桥》，游击队员在桥墩装好炸药后要攀绳回到桥面，虽然送回了引爆器，但终因自己中弹负伤

让对真理的爱好，成为一种坚定的尿性。

——《便溺的马》 重庆

体力不支，脱手坠入深涧。那一声长长的惨叫“啊——”在山间回响。这让当时的我非常不能理解！不停地问大人，“好人”怎么可以惨叫呢？

当然，长大后我自然知道了答案，这答案就是自然的人性。我们现在看一些抗战剧，还能看到跟国产老电影类似的画面，高大全“政委”一手叉腰，一手在空中一挥，从右向左画一个弧形，露着大白牙高呼：“同志们加把劲啊，今天咱们的地雷可够小鬼子喝一壶的，呵呵呵呵呵……等打败了小鬼子啊，再好好地犒劳犒劳大伙，呵呵呵呵……”可能你已经不能忍受这种脱节的虚假，可这种表演体系的传承力之耐久却实在令人惊叹。是这个熊样没有从表演系教材里删除，还是没有从人们的脑子里剔除？“面孔”还在扮演着“人”，几十年过去了，“面孔”们习惯成自然，可惜那是坏自然、假自然。

另一种脱节的事例是以前国外引进电影的中文配音，夸张、古怪。后来越来越多的人更愿意听着原版对白看字幕，坚决与那种中国式老外的腔调告别了，译制厂的配音艺术家们晚景落得很惨。

人情人性本该自然，人说话的动作语调本来就不是那样的，那种腔调与大脑是不联通的。我们知道“天然去雕饰”好，但为什么不好好说话呢？

摄影中要的自然，是摆脱了传统评价体系里诸多的“正确的样子”而去实施的“眼见为好”，是综合了所有感官的反应和决断。老套的风格只是在做某种“和谐的印证”，习惯上的美和好可能正是真正的艺术的天敌。我真的不喜欢跟人对着照片做技术分析，也很小心地看待各种理论。我更关心“根”上的事，或者说我更关心那些摄影之外的事，那些可能让摄影变得不像摄影的事。

于是，我喜欢极了拍照时的“发现感”，并着意抓住这种“发现感”。相遇时的“惊讶”是在“打通”之后所产生的正常的生理反应。东方文化讲道法自然、身心合作，往灵的方向走，真正决断的刹那，常常就是一种“模糊控制”实施的“精确打击”。

比方我们经常走在街上看见美女经过，你很可能多看两眼，也很可能回过头目光跟随她而去。然后呢，你咣的一声撞在了树上。不必羞愧，看美女没有错，是打通了的思维告诉你，你就是喜欢，你的目光已经移不开。你当然脑子里也绝不会想到“人类要发展，男女要相爱”……

让自己变成感性且重视规律的人，你行走的情绪成了自然的一部分，它的自然反应会给你一切提示。摄影师看到了什么，其实取决于内心有什么跟它呼应。“眼睛一亮”、“头皮一麻”是遇见时的“惊讶”，它是会说话的，它正在告诉你，什么最纯粹，什么最强烈。

无数次冲洗胶卷之后，整理每一批新作品时都发现：那些当时心狂跳、手颤抖着去拍的，它们最后成为好作品的概率也最大。而那些想凭经验“刻意回避”或“迎难而上”去拯救的似是而非的画面，往往最终什么也不是，白费了胶片。用胶卷拍照的一个好处是，会让你留意情绪阀门是否真的打开。如果假装了、刻意了，冲洗出的废片就是对自己的一张张罚单。

好东西都不费劲。连通着思想的快门，本来就是一扇正常之门。

那些树是应该砍掉的

重庆有个枇杷山公园，是个主城区的制高点。公园的最高处有个亭子，叫作红星亭。红星亭的基座周围还有一片不大的平台，由水泥栏杆围拢，形成了一个绝佳的观景台。马格南图片社的女摄影师伊芙·阿诺德（Eve Arnold，马格南的第一位女摄影师，其最有代表性的作品是关于影星玛丽莲·梦露的众多影像）曾于 1979 年到过重庆。除了拍过当时还很原生态的朝天门码头之外，还到过这个红星亭，拍下了平台上两位男士抱在一起跳交谊舞的照片，非常生动。

在到过红星亭之前就知道那张照片，更是因为摄影的关系，我对它好感增加。也就是说，在了解的人心中，它像一个摄影的人文景点。每次到了这里，想象一下当时那个交谊舞的场景，小感慨一下时代的变迁，就觉得蛮有意思。

不过，有一件很没意思的事是，观景台的周围早已长起一圈高高的树！这个观景台，本来是可以俯瞰渝中区的好位置，可现在却看不成了，视线几乎被栏杆外山坡上长起的树挡住，只能透过缝隙看点远景或者抬头看天。在阿诺德的照片中，平台栏杆外还是一览无遗的，树是在随后的三十多年里长起来的，还是后来种上的？不知道了。

观景台周围的这些树应该砍掉——这是我到这里的第一反应。可以登高观景是这个位置的优势，前人在这里建了亭子，也应是此番心意。后来我又去过几次，还是那个样子，一圈树挡着视线。我曾跟同去的一个记者朋友说，这些树怎么不砍掉呢，或者移走，你说是不是？本想获得共鸣的我，得到那位记者的回答是：那不行！树怎么可以砍？

我一时语塞。我们从小都被教育爱护树木，绿化意识在国人心中应该位置很坚固了，起码在道理上如此。但是，树不应该出现在它们不应该出现的位置，红星亭周围的视觉价值不是几棵树提供的绿色和氧气所能敌的。我们为什么不能牺牲局部氧气来换取更多的心旷神怡呢？只是不知道山上的树木归公园管还是归园林部门管，反正现在公园也都不卖票了，能不能看到远处也不会被认为是此处的财富。要砍树或移树，那是犯错误或要花钱的。

类似的例子全国各地还有不少，很多景点、广场、公园的设计，缺少视觉规划。这个要求不应该算高，大家到这里来，视觉体验是基本感受之一。我们遗憾地看到很多不伦不类的结果：上古图腾、西式风格、地方特产加政治理念等在一起杂糅，信手胡搭，呈现出一大坨精神文明拼盘。很多蠢极了的广场设计，让你在拍照时死都避不开的蠢而且丑的绿化带、花台、图腾柱，还有地面上无厘头的粗重线条格子，气得你想找设计师拼命。只能咬着牙猜想：它们是不是要赖在那里一两百年后才可以被毁掉重造？

思想和生活中，也都会长出杂草，长出那些不期长大却没用的枝杈。怎么办呢？砍！

有一次我出门前跟朋友聊到，我在犹豫该不该带上洗面奶。朋友当时就笑了，觉得洗面奶又不是很重，何必纠结。其实我觉得这也不是矫情，不是故意要做一个“谬种”式的人。我太知道顾东顾西、婆婆妈妈的后果了，与洗面奶同一层面的东西还有好几样，带不带？一些东西的加入代表着在旷野上顾及生活质量的杂念，杂念一提升，正事就受影响。清洁和舒爽并不代表朝向美的皈依，芜杂的事情不知不觉堆满一途。

在一个朋友家，我赫然见他的电脑显示器周围贴满了便笺纸，记满了近期依次要做的事，甚是壮观。我并不否认这位朋友的条理心，也不鄙视他的记性，只是担心他会不会被这些蒿草连天般的便笺糊住了主心骨。

一个人周身牵绊的事太多太多，领导、上司、父母、妻儿、女朋友、丈母娘……总让人任性不得。如果有人能相对解决多数问题，随性起飞、远眺，我认为那一定是运气。那定是老天在生命的藩篱上偷偷开了一条缝，让个别人突围。比如我。

一个自由人，物质自理同时，还要精神自理，“时时勤拂拭，勿使惹尘埃”，所以心中还是请洗面奶和脸见谅了。诱惑与欲望催逐人不断地想获得，并不断地动心、心动，然后妄念生长，画地为牢地生活在内心肆意构筑的城堡之中；或者带着大把的愚妄上路，搜罗到的依旧是粉饰、点缀生活的声色犬马。究其原因，那是你最初就觉得它们好，认为那是氧气、那是绿化，那是你最终要游去的殷实彼岸。

如没有自我挣脱的心气，没有态度，思想的输出也会被遮挡、堵塞。很多摄影师在清新、唯美、巧合这些层面上徘徊太久，苦于无法升级。其实，艺术不是去做表面“和美”的印证，它往往是反主流反商业审美的，它是要提出问题甚至呈现悖论。就看能不能识破这个障眼法，向“大家都认为这是对的”的媚物砍上一刀。我听到过一句话“没有态度的都是小清新”，很好地把顺应别人审美的类型作了无情归纳。

艺术家总在小心调节着远虑与近忧、自由与制度、感性与理性之间的关系，意欲突破。其实，就算跳出了“原单位”那个体制，身外就没有别的制度了吗？就真自由了吗？文化制度、艺术市场、新的群体关系等让你发现你只不过是兴致勃勃地冲进了二级藩篱。

大时代，是大如来，它的掌心真的好大。这似乎是一场拉锯战、运动战，不断地突破条条框框、披荆斩棘、登高远眺已然成了一件永远的事。现实像条疯狗，撕咬你的裤脚，在任何一个你不经意路过的街角，它都会蹿将出来。

2012 年夏天，我应邀参加“ Think+ 大声思考”演讲活动。活动开始前的几天，主创团队的买天让等人来到广州，当晚约了我在街边喝啤酒聊天，商讨我的演讲内容和方案。他们对让一个自由摄影师去演讲并无经验，我也心中没谱。只记得他们整晚一直对我鼓励、鼓励，让我抓住重点、讲出自己心目中的摄影是什么样的。午夜时分的街边，买天让问："严明，你觉得自己最重要、最特别之处是什么？"我喝了口啤酒，抬起头，很认真地告诉他："是我脑子里没有屎。"

有时你越是严肃地标榜开明的精神，奇葩的事却越是来挑逗你的神经。

前年冬天，我与郑州的陈卓等朋友在内蒙古开车拍照，天气实在太冷，只要走下车一分钟，身体就会失温，只能没命地往车上跑。坐在车上也是腿脚冰凉，一路爱跟我聊摇滚的神勇小战士陈卓终于受不了了，跑下车买了一包卫生巾回来，神气活现地演示怎么垫在鞋子里。说防潮又保暖，还问我要不要。我尴尬地摇头说："我怕晚上脱鞋子时发现脚底流血……"虽然我不是个教条的人，但卫生巾的引进还是太出人意表。去年冬天，我与陈卓及北京的朋友伍科去登黄山，陈卓又故技重演，登山前买来卫生巾，说会很吸汗。伍科兴致勃勃地接受了，我还在犹豫："我的鞋挺紧的，塞不下吧……""拉倒吧，给你一副日用型的，我来教你怎么用……"终于我的开放思想升了级。这下不仅脑里没屎了，连宿便也被清空了。效果不用说，挺好，我的脚也没有流血。

这个小小观念的转化中，我欢喜地看到比我年轻的人更敢想敢干的样子。

与他们开车在路上时，聊过大量说起来理所应当却总不得实现的事。比如：艺人就是可以在街头表演，寺庙就是不应该卖门票，除夕那天就是应该放假……

相比之下，砍掉红星亭四周的那一圈树，倒是最容易的。趁远近的高楼还没有高过枇杷山之前，让每一个登临的人，能拉长镜头，看得到远方。

能看得远，才不会对近前不安，所以我们的心总想登上高处打望。

——《礁石上的男子》 重庆

“不让拍”与“不许不让拍”

拍照的否定之否定

拍照的人大都遇到过被人拒绝或阻止的事，在我做摄影记者的时候，更是家常便饭。往往烦恼丛生，以至于我常以为这个职业是在用经受这种为难来换饭吃。比如一个建筑事故发生了，除了受害者或家属希望你拍，工地老板、保安、所属街道、辖区派出所等都可能会以阻止拍照为己任。身为一个吃摄影饭的人，悲催之余，会对一切向正常拍摄说不的人有一种“视为天敌”的感情。不让拍的事太多，久而久之，也会习惯不少。

对于摄影记者能不能自由采访、拍照这个事，由于行业立法的空缺，一直扯不清楚。在公允还没有划出它的界线的时候，伤害与被伤害肯定难免。我个人觉得在全民摄影的时代，不侵犯别人权益的前提下，在一切有光线的时候，摄影师都应该可以按下快门。

可能也正因如此，我形成了一个习惯，拍照之前几乎不跟被摄对象交流。经常有人问“跟拍摄对象充分交流，充分了解，取得信任，在轻松自然的状态下开始拍摄不好吗？”我的回答是：不好。有什么能比不交流更自然？一切像摄影师到来之前那样，是最自然的。常有人问我是怎么做到的，我的答案只有一个字“快”。我们常用一百多分之一秒拍摄一张照片，那么理论上在下一秒，你的相机就可以装回摄影包里去。周星驰电影《功夫》中反派大 boss 火云邪神说过一句经典的话——“世间武功，唯快不破”。不管怎样，我对“不让拍”一直恨得牙根痒痒，并努力练就“弹指神功”。我也因此一直怀疑摇滚乐队在舞台上那么声嘶力竭的怒吼，完全可能是出于对邻居常年不准他们发出声音的报复想象。

2005 年夏天，马格南图片社的三位大神级人物来到广州，并到我所在的报社交流。他们是伊恩 · 贝瑞（Ian Berry）、克里斯 · 斯蒂尔 – 帕金斯（Chris Steele-Perkins）和帕特里克 · 扎克曼（Patrick Zachmann），除了讲座，还有一项活动是“走到中国摄影师的身边，并和他们同行一路”，即三人分别带上一个小分队，上街拍摄。

我跟的是帕金斯那一队，有一二十人，去的地方是广州上下九步行街。由于是官方邀请，在组织程序上确实挺有条理，到了繁华的上下九，我们发现还有商业街管理处的一位年轻的公务员跟随，他脖子上是挂着工作牌的，跟着我们的意思是陪同，指引行程。

帕金斯果然是“老贼”，没怎么打算跟中国摄影师同行一路啊，一个劲地往前跑。他说自己只能往前方跑，否则一回头，十几号人围过来，像领导视察那样被簇拥在中间，就什么也拍不成。我那时是跟得比较紧的几人之一，很想看看这货是怎么拍照片的。就是那次，遇到了我职业生涯难忘的一件奇事！

到了一家卖镜子的店，帕金斯神情自若地环顾，并利用墙上五花八门的镜子开始构图拍摄，动作快而麻利。但还是被售货员小妹发现了，她径直走过来正告："这里不让拍。"这时大家停下来，下意识地把头转向跟随着的公务员。只见公务员上前两步，指着售货员小妹来了一句："不许不让拍。"

突如其来的优待把大家搞愣了，平地惊雷。在摄影师们听惯了的"不让拍"这几个字前头，竟然可以加上"不许"。幸福有效期虽短，但它到来之迅猛还是让人手足无措。怎么形容呢，像久关牢笼的犯人突然被宣布你们放风一天并可以饱餐一顿且有美女陪伴。也像翻身庆祝大会上农民当上了主人，只要我愿意，可以冲过去抽地主的脸。权力果真像一服最好的春药，令人有拔地而起的快感。不拍吧，似乎辜负这小小权力带来的暴力美感；拍吧，又觉得眼睁睁蹂躏了站立一旁的售货员小妹那未经风雨的自尊，显得不厚道起来。

我都搞不清自己是哪一边的了

几年前一个夏天，我和王远凌在丰都拍照，傍晚在江边拍摄几个长江边游泳的小孩后，遇到了几个当地小混混的纠缠。他们说我们拍了他们的小弟，向我们要一两百块钱作为赔偿。那几个小混混年龄大概就十六七，看上去再经过一两个夏天才能算作青年。虽未成年，但已一脸纯熟的凶恶，为首的一个跟我们摆明，他在这一带有多厉害，不给钱反正今天你们走不了，还说马上就要报警，并要差人去叫他的舅舅拿刀过来砍。跟他怎么解释也没有用，给他烟抽，他接着，然后继续要钱。我们往旁边的码头走，他们就跟到旁边的码头来。我们像是做了恶事的逃犯，已经被群众盯上，眼看着今天不是落入法网就是落入人民战争的海洋，在劫难逃了。

我们干脆离开码头，沿着河坝往岸上走，那帮小混混也跟着上岸来。河坝的顶上是块小广场，刚好看到两名年轻的巡警在溜达。我走了过去，掏出记者证递过去，把情况一说，这时小混混们也围过来。他们没料到我报了警，便叽叽喳喳继续讨伐。年轻警察打了个电话后说，你们等一下，我们副所长马上来。

没几分钟，一辆警车开到广场边，不难分辨下车的几人中高高胖胖的那位就是副所长。副所长向年轻巡警低声问询了几句，然后把头转向那帮小伙子："都站好了！"小混混们迅速站成一排，成为一排整齐的小混混。"咣！"副所长抬起脚径直朝向领头的小混混踹去。领头的刚要申辩，又是一脚……天哪，我和王远凌赶紧劝阻，我们只求脱身，打人实在不合适。就这样，小混混们被打过赶跑了完事，副所长还执意让我们坐上警车把我们送回了旅馆。副所长的"身手"和办案风格倒是利索，搞得我心里挺长一段时间不是滋味。

真想跟那帮小混混说：小伙子，不好意思，出现暴力不是我的本意。你自小在这码头上混，我以为你比我更知道这水的深浅。断不该嚣张到要称王，王不见王，来踹了你几脚的，是真大王。

有一年，我在南京鸡鸣寺玩，院内有个池子，池子里已没有水，有假山和一些装饰物，已很残破。池中有不少游客投进的硬币，阳光下呈现出一个个白亮亮的圆点，点缀着假山。我觉得挺有意思，拿出相机开始拍。这时候池中跳进一个工人，拿着一个竹匾开始捡钱。池边一个中年尼姑指挥着工人："那边还有，去捡。"也就在这时，她发现了拿相机的我，呵斥道："不许拍！"我说我还没有拍，我觉得你们捡钱也挺正当的，这钱跟门票一样是给你们的，怎么就不让拍了呢？"反正不让拍，你不要废话了，再在这儿吵我现在就叫保安！"这时我才看清，那中年尼姑长了一副非常"行政"的脸，像南京革委会驻鸡鸣寺办的，只是没有头发而已，但光头上还生有零落的瘌痢。让我觉得惊讶的是一个出家人，怎么会对俗众有这般嗔怒心，有如此冲天的戾气，还懂得娴熟地运用保安。一个出世的人，竟然入世得比我还深。几句争执之后，我小声跟她说，你不要高叫了，扰你们佛门清净，请继续捡钱。那次，我真的没有拍成。

一个月后，听说鸡鸣寺发生大火，药师塔被烧毁，我非常痛心，当初的不快也随之一扫。我愿意猜想那位尼姑干部和她心目中的神勇保安应该都积极参与了救火并且安然无恙吧。

多数时候，我觉得摄影是温和与自主的事，但还是偶有暴力的身影闪现，这是我不情愿看到的。暴力的否定和否定之否定的暴力，迷乱得像小时候看的那些善恶交混的电影，让我都搞不清自己是哪一边的了！

说到最后，不禁又想到一事。好几年前，《信息时报》的哥们儿巢晓兴冲冲地给我打来电话：“塑化人体展要来广州了，明天开始，好多人体标本哦，我们去拍吧！”我正犹豫着跟他说我不方便去，有同事会去拍。巢晓电话那头更令人激昂的消息追加过来：“我认识主办方啊，去了可以自由创作，不用买票，尸体任搬！”

！！！！！！

从“不让拍”到“不许不让拍”，再到“尸体任搬”，这是包含了何等丰富的信息量！记得第二天我还是去了，但并没有创作出什么作品来，也没有搬动尸体。但我还是忘不了巢晓兄弟给我带来的那个跨越了商业、艺术、权利、自由、伦理乃至超越了阴阳生死的喜讯。

艺术是空中的事

感性与理性

美国摄影大师亚历克·索思（Alec Soth）有个年轻的助手，以前是学音乐的，有很好的家庭条件，长大后周围都是顶级音乐人才。索思就问他，有那么好的条件和资源，为什么不搞音乐，却来做摄影，给我当助手呢？助手回答说，最优秀的音乐家其实都师出无名。只有那些躲在父母的地下室里、连手握吉他的姿势都不知道的孩子，才能用心聆听并发展出自己的独特的声音。

不疯魔不成活，指的就是内心的疯狂、执着的信念，这其实是一种信仰。中外历代最杰出的艺术作品，多为信仰而作。古希腊帕特农神庙、敦煌莫高窟、文艺复兴的雕塑壁画……那些勇敢踏路前行的人：丝绸之路上的商贾、大航海时代的水手、仍在探究着世界的冒险家们……也都怀有“独行万里，只为允你一诺”式的信念。摄影，正是带着艺术的信仰看这个世界。

艺术是感性的，首先有感性的萌芽，才会有理性的枝丫。

摄影是需要在一个人身上独自完成的，起码在创作过程中是。摄影是摄影师的极限运动，你选择了做这个工作，其实你就是一个“独唱团”，它要你身心合作做到最好。思想和行动统一起来，感性和理性结合起来，并在运动发展中不断调整。好比是感性与理性结伴去流浪，理性负责带路，感性负责选择、判断。

在外面跑，就像梦游一样，既要保持天真的感性，又要对所有的衣食住行和天气、光线这些东西保持理性。与自己相处的日子，你要照料头脑和身体。比如某一天下午我来到一个小镇上，我会思考是先去找一家旅馆住下来，还是直接背着包找个地方开始去拍？我会考虑明天的天气怎样，是阴天还是晴天？我能不能今天晚上赶紧把我带的那一包脏衣服全给洗了？明天旅馆要求几点退房？我能不能把晾干的衣服收拾起来赶紧跑，奔向下一个小镇？就是在这种纠结的状态下，慢慢耗尽每一次难得的出行机会。

我曾被不少人赞颂能吃苦。挺多人把吃苦当成一件天然高尚的事，也不管因为什么吃苦。摄影师常被人“简视”为在路上，在路上只是形式，心灵的摸爬滚打才是真正的旅途。陀思妥耶夫斯基说：“我只担心一件事，就是怕我配不上我所受的苦难。”苦行是不值得标榜的，听随内心的冲动，让生命个体与艺术形式达到自由的统一才是重要的。我没有义务自费为别人表演方向不明的奔跑，搞一场无意义的苦肉计。

我们常听说“梅花香自苦寒来”，其实依我看，开花、发芽只是梅的必然信念，寒冷是它需要的环境条件，飘香只是副产品，恰巧被路过的励志哥闻到而已。

抛掉所有条条框框，让靠谱的行为及时形成经验，成为效率，成为品质。所谓运气，也应该是在此间滋长。如果天意眷顾，那些不可复制的利好条件定会同时出现，意境全开，会超越想象力。内心长期的储备与所经历的世界产生感应，就是在摄影过程中的灵光一现，夸张点儿说：让你一秒钟想到一切。

经常有摄影的朋友恳切地请别人帮他看照片，希望能得到指点、指正、指个方向。也有不少朋友喜欢听各种摄影讲座，带着诸多困扰去问不同的老师。我也时常遇到这样的请求和提问，但我内心里不是很赞同这样做。艺术创作这个事是很个人的，摄影属于技术上的秘密很少，把照片拿给别人看，作为开阔眼界、观摩、话题探讨是可以的，但很多情况是高手在帮初学者删照片、帮别人修正观念，告诉别人这是好片那是废片，这就似有不妥了。说到底，你若自己不知道好坏，你是怎么拍下那些照片的呢？拍照的过程，本来就是你亲下判断的过程。再让别人说好坏成废，这在逻辑上讲不通。

信赖、依赖老师和专家，各行业都比较普遍。好像专家的建议可以“有病治病、没病保健”。在很多人心里，似乎总觉得摄影有着什么“可量化”的秘密，恨不得让老师长话短话，速速交出你那包打天下的秘方来。

地对空的战斗

做过摄影暗房的人都知道，放印照片的时候会“打试条”，为的是通过对几条小的相纸上不同曝光时间的观察，评估并选定最终的曝光方案。很多人把试条打得很“精”，黑白灰的过渡、暗部细节、层次这些术语萦绕脑海并指导他做出挑选，但结果总是不好。究其原因，暗房工作不是在试条上选出曝光量适中又兼顾的游戏，而是要会“看整体”，即看作品的整体效果和气氛，看它们有没有极限地表达作品内容。会不会统看总体，还是归结到个人眼光，总体的定夺，也如一次拍摄时的决断，所以说暗房是二度创作。它与拍摄环节一样至关重要，它决定了我们拿出什么最终的成品来。这像我们看一个人，不是割裂了看人五官、身体部件，而是它们组合在一起并连同言行举止、风度气质等，给我们的总体说服力。艺术的最大难度，在于审美，艺术家前前后后都是凭眼光让人买你的账。

摄影、武术、书法、音乐等门类都有其庞大体系，都会包含有很多程序上、器物上、形态上的东西让人为之着迷。暗房大概是由于资金占用大、有神秘感，才让人高看。它牵涉到的硬件标准、卫生标准等也让初入行的人不敢妄谈。一门心思钻到局部、枝叶细节里，甚至器材、器物之美的玩味里去，看上去好像成了精，事实上仍在地面或者说还在一个坑里徘徊。武术中有一句话叫“花拳入门，错了一生”，一辈子没有摸到纯朴、实用的主脉，以致“周旋左右、满片花草”，这个一生的错，代价似乎太大了一点。

“为学日近，为道日远。”曾看过这样一句话，大意是：艺术是空中的事，地面上的事捋得太清楚，空中往往就不灵了。我是很以为然的。

知识在地面上，素养在天空中；小聪明是地面上的，大智慧是天空中的；观察是地面上的，认识是天空中的。越来越娴熟的小聪明多了，大智慧就要被挤占。其实摄影只是小部分来自观察，人人都在观察，真正的观察力，是深刻的洞察，是高于常人的敏感和认识。好的艺术家做事看大处，迅速抓住事情的实质，能看见不容易被别人看见的东西，并做成自己的艺术。能做到“精确打击”的艺术家，往往有一个跳脱在外的、“模糊控制”的秘密。

“地对空”的战斗永远在激烈进行着，战场就在艺术家的身上。

足球巨星们有一项难以言说的素质，就是临门一脚时的“想象力”。这不是教科书告诉他们的套路、让他们应该怎么做，而是存乎一心的奇思妙想，是在最关键时刻一次最美妙的发生。它一次次告诉你：这简直就是一种奇迹。夜空中的焰火绽放了，把所有人的脸照亮了。

前些年，是否是“执导型”的作品几乎被认为是艺术的分界线，好像那样的作品才容易被认出是含有思想观念的，我觉得这是有很大问题的。“执导型”作品也不乏好的，是可以成功输出思想的，但我认为生活的现场本来就不缺乏引发艺术火焰所需的一切燃

从地面升到空中，是艺术最修远的路途，是离开嘈杂后欲言又止的沉默。

——《被弃置的佛头》 石嘴山

料，它们是有观念和态度的，这种取自自然的道具甚至更难得和更有魅力。

摄影有个重大的特性，就是它的“介入感”，这个介入感，不是干涉意义上的参与事件，而是面对发生情境的在场感。它的真实、迅捷是绘画创作比不了的，摄影师可以“第一面对”、“第一发问”，并可能“第一认知”。后来的观者，在欣赏你带来的情境时，已经包括了你对世界的慨叹。因为你不仅传达了见识，也表达了你的见地。在无限的未知之中，你与什么“有感”并与它们“话说当面”，这是摄影理直气壮的优势。这是一个真实、系统的生命工程，你用什么听闻的态度和拼凑的素材可以枪毙“活现实”和“真生活”？生命是难以执导的，执导生命的应该是你的情怀与未知。

变化中的心灵是易感的。这世界有那么多的精彩意义散落，等我去感知，我总要把我的心一次次地运过去。

“学我者生，似我者死”

很久以前起，我就特别喜欢看电视上的各种模仿秀节目，深深觉得会模仿的人实在是聪明的高人。洞察他人说话、唱歌等行为的特征并重新演绎出来，实在是一件有爱又有趣的事。模仿体现了人类互相注视、互相琢磨，也互相理解的爱意，特征被抓取、放大了呈现出来，也是一种人类对时空之困、无法分身之困的突破、分割和有趣的消解。

如果一个屌丝模仿明星、大人物，学得越像，我们就觉得越好玩好笑。这种挪用了他人言行并加上特征的夸张、变形产生的效果，让观众获得了对权威再造和曲解的有趣体验。是大人物原先的言行好笑还是它们作为特征被揪出来好笑呢？我想，主要是因为后者。原先的那些言行，被概括出特征，本身是件令人惊奇的事，再加以放大、变形，或者用这些特征说一些新话、干一些新事，像一场公开表演的栽赃陷害，令观众爆笑。

但是，在摄影创作上，模仿、追随是没有意义的。

主动模仿或不由自主地模仿，是摄影的一个很大很大的坑。可能有人说，我们都或多或少地从模仿开始学艺。确实，比如我们看到模仿明星唱歌，非常接近的模仿也体现了非常接近的技巧、水平。但是，痴心于此之外，如何摆脱做影子，走出一个自己，让观众再度认同你的自身艺术能力，简直是件双倍麻烦的事。之前做得越好，将来就越有一个坚壳需要剥除。最终的路要自己走，不能永远寄居在别人的生命里。

摄影要求我们在精神上是自主的。一个人的言谈举止，是受个人的大脑支配的，是光线下的精神投射在地面上的影子，是独立的精神态度和理念的产物。作品风格就像一个人的谈吐趣味，它是有识别度的，你一开口，别人便知道是你来了。

一抬手，脑中会有很多你看过的图像在快速“闪回”，特别是某一张你印象极深的图片，它们都在诱导你，把眼前的影像制作成脑中类似的影像。这都是我们在拍照时经常遇到的事。完成之后，你可能还比较踏实，觉得我这张照片非常类似某某大师的一张，总不会是错的。我认为摄影作品的生成，应是自己的思想直指外部景象的纵向关系，不应该是身边有模板和参考图而进行匆忙地比对和选取后完成的一次模拟。模拟的照片，似乎总是一种“影子照片”，不是自我的精神指挥下的攫取，不是自我的风格气质，自己内心里也是觉得虚弱的。说到底，是把摄影时大脑的运动方向搞错了。学过的东西，没有被真正消化吸收，成为自己的风格和语言。就像我们发现一些人，家里书架上摆了很多书，但却一直没有觉得他很懂道理或能言善辩。这个例子同样适合于收藏了很多大师画册的人。

我们看别人的照片，不是拿着放大镜观看画面的银盐颗粒密度、看他去了哪些地方、干了哪些样式的事，而应多体会他见识之外的见地，情调之外的情怀。他人的思想，跟其生活有关，别人的作品，是他的思想和手段培育出来的花朵。学习之外，我们还要自己看世界、想问题，找语言、作表达。自己的人生，还是要亲自去参透的。

佛教里说的人生三重境界：从“看山是山，看水是水”，再到“看山不是山，看水不是水”，到最后，“看山还是山，看水还是水”。我看就像极了我们学摄影的过程。第一阶段的“看山是山”，就像初入摄影的世界，花花草草，见啥拍啥。后来，涉猎渐广、涉世渐深，世界常被我们用来寄托怀疑与批判、迷茫和叹息。最后，经过了提炼、抛弃，会抓住真相和本质，得到了走出经验之后的深刻。终于开悟，参透人生，胸中自有山水。

当代的艺术风格是自由的、不定式的、充满启发性和想象力的，甚至是颠覆性的。瞬息万变的现实社会中充满了可以启发艺术思维的材料，不是没有机会找到自己的语言和风格，只要我们真心愿意，只要我们取之有道。

摄影圈里的模仿现象不少，内容题材和风格的模仿都有。喜欢他人的作品没有问题，但如果是自己真正做作品，建立自己的态度和独特语言，让自己拔地而起才是真正要紧的事。愿意做某大师的隔世铁粉，“宣誓效忠”，安于做别人的精神陪衬物、殉葬品，只会让自己“失魂落魄”。比如就有喜欢黛安·阿勃丝（Diane Arbus）的，自己却长年累月倚傍在主流的香肩，过着与阿勃丝相反的生活，那么就算你去拍尽天下马戏团、双胞胎和小侏儒，也只能是个“山寨”货。无力也不敢去尝试解开自身与时代之间的谜题，这本身就是一种惰性和畸形。大家都知道你在模仿，因为你在为之付出不懈的努力。堕落之路没有尽头，拖着脐带出来走路的样子实在难看且令人难过。

这确实很不幸，你分明能看到他们的挣扎。如果以惊人的不思进取，得意于山寨版、落地版、汉化版的欢乐，那么最终也进不了真正艺术的门，这是多么让人不快的事！没有能力做自己的人，无疑会被艺术残酷地淘汰。

他们不明白，摄影，最终在拍自己。没有了自己，那最终就是拍了一场空。“学我者生，似我者死”，这是齐白石给学生提出的警告。

艺术创作不能像制造业一样靠“拿来”和“山寨”取得成功，重复不是摄影创造的生产模式。摄影的路上布满了各种前人的脚印，很可能你不自觉地就踩在前人的脚印上，但不能瞄着别人的脚印去走，否则你踩得再深再用力，你的力量和价值也是无法体现的。必须要踏出自己在新鲜泥土中的那步脚印，也许很浅很轻，可是那却宣告一个新方向的诞生，那才是你自己真正迈出的第一步。

齐白石的弟子许麟庐最终悟出了解决之道——“寻门而入，破门而出”。

艺术上的模仿秀不同于电视节目上的搞笑模仿，因为它本无恶搞的故意，只是在娱己的过程中不小心娱了人。毕竟，杀马特成了洗剪吹[1]，还是会让人看了就发笑。这笑里，也定会有一点关于终结的悲情吧。

1 典出网络神曲《杀马特遇见洗剪吹》。——编注

阿里车的心事

小型美女

几年前我在重庆拍照时，有一次跟朋友吃饭，在报社工作的朋友大治带来一个小女孩，是他们报社的制图员，名叫陈静。个子不高，样貌却十分好看，又特别娴静，很是让大家喜欢。后来在我们的 QQ 群里，有人把她的英文名 Alice 误打成“阿里车”，引起大家哄笑，随后大家在平日里都用阿里车称呼她。这称呼又延伸到同事、领导、亲友之中，她的本名几乎没有人再用。

阿里车学美术出身，很会画画，擅长电脑制图，毕业后在报社图片部谋得差事。娇小的身形配个娃娃脸，总让人觉得那报社有雇佣童工的嫌疑。重庆人喜欢在把一个女孩的各种好笼统夸赞为“乖”，会说“这个女娃好乖哟”。阿里车是个“小型美女”，就更贴合这种乖的感觉。我很爱听她说重庆话，宛转绵软，总让我有莫名其妙的舒适感。她应答“要得——”时，语调轻柔又有弹性，让我觉得女孩是柔性的、是负极，是件天然美好的事情。我去重庆拍照时，她与同事总热心地给我找地方住，她也喜欢跟搞摄影的朋友们一块玩，乐于担任模特。只是她说话总是不多，经常被我们说的笑话逗得低着头笑，脸憋得通红也不言语。

刚认识的那天，一起在朋友家玩时，我就给阿里车拍过照片。她十分开心，说："感觉我要红！"害羞又转为喜不自胜，结果我拍得了一张她像个孩子似的仰面朝天大笑的照片。其实她就是我朋友圈中的小明星，大家都宠她，呵护着这个开心果。文艺女青年的诸多爱好她都有，除了摄影，她也喜欢看书、看电影，喜欢去看民谣演出。她也会去追喜欢的明星，特别喜欢各种搞笑的综艺节目。

阿里车还超喜欢研究星座，这点爱好跟我相同。我觉得人信星座大抵有两种原因——好奇或无力，所以才会试图了解自己、窥探未来，并难舍那些远在星辰之外的好运气。她是双鱼座的，细腻、温柔的性格描述确实与她是对得上号的，星座上说白羊座冲动、热情，我也乐于承认。我们看到对方星座的运程时也会互相通知，那些周运、月运、新月许愿，让我们不敢错失，恨不得按星座上说的去活。只是有一次她看到有描述说双鱼女是"婚前小白兔，婚后母老虎"，气得要命，死活不愿相信。

后来我再去重庆时，发现她谈朋友了，心事重了，时常会失神发呆。对象就是她的那位同事大治，一个瘦瘦的西北人，也是美院毕业，一直像个大哥哥一样对她很好。可是他实在很瘦，这又让阿里车天天想着减肥，每天无数次朝体重秤上站，每天很少吃东西。她说只要把“好饿好饿”默念成“好瘦好瘦”，自己就能挺过那些难挨的夜晚。我知道，姑娘家长大了，到了生命的一个新阶段，我似乎第一次看到了她的坚韧，知道这小女子要努力成就这段姻缘。

与我为邻

2011 年，大治与我联系说打算来广州工作，已经给广州的报社投了简历。我听了之后很高兴，问：“阿里车会不会来？”他说：“会，如果应聘成了，两人就一起辞职到广州。”

我愈加高兴了，那个可爱的小精灵竟然要来广州了！我也积极帮着跟进大治应聘的事，不久他们二人如愿前来。先接到我家来住下，随后索性在我家楼上租了房子，先安下家来。

大治先进了报社上班，阿里车继续找工作。看着他们开始了南方的新生活，我们全家人都很高兴，我的儿子坚持喊她姐姐，还经常去楼上找她学画画。我在工作上需要设计海报、做网页之类时，也会找阿里车帮忙，她总是做得又快又好。她的艺术感觉很好，操作键盘的小手飞快。

广州的湿热气候，是阿里车最不适应的。她经常会上火，脸上长出大片的痘痘。广州的饮食太清淡，阿里车却是无辣不欢的，自己偷偷吃点辣吧，上火又会更严重。

她最开心的就是能有回家的机会了！每次回重庆之前，她都会盘算要把哪些东西好好吃一遍。我们也替她高兴，好像她是代表大家回重庆去吃的，只要她说吃得很爽，我们就开心。有一次她回去后在群里发表的感言尤其狂放：“回来接连三天吃火锅，唉，辣得我呀，菊花残……”

瞬间让人觉得她其实是一名笑星。

到广州后的一两年里，阿里车找过几次工作，我也给她介绍过，但都没做多久就不去了。她的理由是困在那儿上班很不适应，我想恐怕也有收入很低的原因，也会跟着对那些没眼光又悭吝的老板表示不忿。好在大治在报社的收入还不错，她也不必太着急地去找事做。阿里车和大治还是挺喜欢广州的，觉得这里更有文明气息一些。她说有一次回家过年，春节当天，在重庆的公交车上她就亲眼见到有两家人为争座位吵打起来，这已经让她有些不适应了。他们在广州一直到处看房子，准备正式结婚后定居在广州。只是近年广州房价太高，总是没能找到合适的。

他们准备把婚先结了。拍结婚纪念照，也是我当仁不让的工作。我们叫了几个朋友开着车四处找地方去拍，什么文艺的、古典的、现代的感觉都拍，甚至还去了位于台山乡下的、电影《让子弹飞》的外景地去拍。那些天大家开心极了，沉浸于一种蓬勃的欢欣之中，似乎忘却了所有关于生活的不快。我们拍摄婚纱照之余还搞了一些“创作”，其中一个鲜活的记忆点就是在台山：

南方乡间的河水总是流得和缓、慵懒，岸边有小叶榕俯身探看它的清澈与丰盈；熙和的阳光几乎垂直地倾洒，它从来没吝惜过对这方土地的情意。我让阿里车戴了一个小猪面具坐在弯弯的树杈上，呆萌得像是没有任何心事；树下地上摆放的是猪小姐的藤编小旅行箱，提手上还扎着一朵粉色的丝带花。恰有点点微风吹拂裙裾，为显得愣直的流浪送来了急需的洒脱与轻扬，也为我按动快门带来了最终的依据。

那个时候，我感觉到一个女娃正式出落成女人，终于要成为别人的如花美眷。就要带上行李去生活中漂泊了，我还真有一种送妹妹出嫁般的小小不舍。

他们结婚后还另租了稍大些的房子，住到了我家隔壁。这下我们两家的联系更频密了，互相串门、互借东西、互相代收邮件，甚至是谁家做了好吃的都会端一些送去隔壁。

鱼归江河

后来阿里车还是一直没有上班，很多时候都是“宅”在家里。他们还买了一辆小车，日子似乎在向一种小康感觉慢慢迈进。

去年秋天，我在外地参加展览时听说阿里车在家“宅”了一个

我们都匆匆来过这一季，并曾优雅地栖息。

——《猪小姐在树上》 台山

月后突然得了面瘫，嘴巴歪斜了，十分吃惊又揪心。回广州后也难见到她，因为她出于爱美和沮丧，待在家里不愿出门。大治告诉我，正多方寻医问药，是有望治愈的。我们也只能传达安慰和鼓励。

好在没几个月，她的病情就好转了。快痊愈的时候她来我家玩，还摘下口罩极力笑给我们看，我悬着的心才放下一些。她说自己也一直非常害怕，如果真治不好，不就得一直像蔡康永那样说话了吗？

甚幸，撒花！

此事之后，阿里车突然决定自己要去做生意，我又十分吃惊。一个博弈商海的娇弱身形迅速在我脑海闪现了……做生意这样的事，对于像大治和我这样的性格的人来说都是难以想象的。可阿里车却很笃定，说自己小时候家里人一直都做生意的，自己在大学的时候就在学校附近租过档口卖衣服，并许下愿心“长大后就做这个”。来广州一晃三年了，接下来他们就打算要孩子了，又会有新的压力，所以必须“再走一步”。在广州一直买不成房，只靠一个人工作不行，也存不了钱，况且报社也不似前几年红火……

很快，她的网店开起来了，卖女装。她买来计算器、账本，参加各种学习、考试，给自己服装拍照，在微博、微信上推广，一切呈现出蓬勃的态势。没多久，她竟回到重庆去了，打算在那儿开一个实体店，已经和百货商场谈铺面了。我打电话问她还回来吗，她说会的，先两头跑着，会来广州进货。她觉得以自己的眼光和对重庆的了解，应该能行。不是想挣大钱，这是以前就想走的路，自己喜欢这勤勤快快的日子，可以开心地过。我又问她将来更长远的打算，她说，如果生意成功了，就让老公去轻松地做自己的事，去搞他喜爱的艺术。至此，重庆女人的那种特别能操持、特别肯奉献的风采全面显现！

舒适的生活也会提醒人失去什么，失去的东西还可能在心头越来越重。匆匆成长中，阿里车终于领悟了时间、健康、责任。好在她有那种基因，更有这种眼光和勇气，而此时又青春正好。

几年来，阿里车的事，是我这比较封闭的生活中见到的最切近的成长了。作为关爱她的朋友，之前我们想的可能是，让平静的梦延续得长一点，文艺的情调保持得久一点。天使不必去沾染凡尘，不必再经受岁月侵蚀。可爱的她，不可远离，最好还当我们的公主、笑星。

如今，我终于意识到这是一种善意的错了，是我在心中对某种文艺“范式”的关切和维护之情过重，也过理想化，以致排斥它有起码的烟火气。纵然我对自己的成长把握坚定，也不该对身外的世事流转没有全盘的意料。

应当祝福！像一直以来拥护她的纯真。

鱼，回到她喜欢的江河中去，正是她最美的心事。

还是要说出我的忧心——真的害怕将来某天在重庆再见到她时，她会是一个在自己的档口前飞快地嗑着瓜子的胖胖的小老板，穿着带小毛领的夹克，戴着套袖，脚上是从睡房里穿出来的棉拖……那叫我如何把她与当年的乐不可支的害羞女孩、去旅行的猪小姐联系起来？如果那样，我的心事只能汇聚成最后一句文艺的话了——我的眼泪已不够这样的相遇……

像薇薇安同志一样

她什么都没有说

2009 年，一个在芝加哥工作了四十年的保姆去世，随后被发现她竟是一位了不得的摄影师。

她叫薇薇安·迈尔（Vivian Maier），默默无闻地做了四十年保姆，一直拍照不辍，去世后留下了十万多张底片，2007 年在一场拍卖会上被一位电影制作人拍得后重见天日。她遂被摄影界公认为是 20 世纪最伟大的摄影师之一。

薇薇安通过一台禄莱双反相机，在城市街头捕捉了成千上万个生动刹那，但她不是职业摄影师，只是一位名不见经传的妇人，一位保姆。她甚至从未发表过作品，到 2009 年她去世时还有很多拍过的胶卷没有冲洗。去世后，照片开始流传于世，人们啧啧称奇，再也不吝啬溢美之词，一时间人人都爱薇薇安。甚至称她的出现，改写了摄影史。人们可能开始分析：一个外国保姆，毫无利己的动机，把摄影事业当作她毕生的事业，这是什么精神？

“街头摄影的梵高”，首先一个大标签把薇薇安定位到街道上去，然后说她是天才、高贵的人，她让穷人发声、有着温情和自由情怀、抓住了城市的芬芳和矛盾等能提炼和拔高的意义都尽可能地追加给这个西方摄影界战友。

我一向觉得去分析意义不如分析作品，分析作品不如去分析人，分析人最重要的是分析他经历的事。那些有质有量的作品暂且不去分析，实现这一切的路径才是最值得研究的。“天才”作为一个赞美词是可以的，但它不应该总成为揭示成就的谜底。我觉得薇薇安未必就是天才，而是老天成全了这个人才。不知道最初薇薇安是如何决定当保姆的，是顺其自然地加入了城市的保姆大军随后用拍照打发闲暇？还是为了保护摄影这个心头所爱，主动选择做保姆这个虽然劳碌却总有机会上街的行当？

不管怎样，几十年的辗转变化中摄影始终没有遭到搅扰，薇薇安神奇地处理好了工作与艺术的关系，这真的应该是她达成最后结果的重要保证。搞艺术之难多在艺术之外，需要劈波斩浪才能游到艺术的门口。除了得有一个来钱的门路，可以是来自工作也可以是来自艺术，还得有个死心塌地的艺术界家属，还要有个可能永远不会跟你闹事的丈母娘……薇薇安最大限度地避开了诸多外力，只是面对一个个陌生的家庭和街头。没有行政上司、没有学术交流、更没有功名利禄，演绎出一场不受生活困扰和体制惊扰的人生。漫无目的，一声不吭，低调而壮丽。一晃四十年，她太狠，狠得像一出苦肉计。

她做完了，悄无声息地走了，连一块德艺双馨的牌匾都没有拿。其实薇薇安并非苦大仇深，苦海博弈。什么关于执着、隐忍、坚强、信念等等词汇安放在她头上都不再合适。对于真爱，说即不是，不说即是。薇薇安什么都没有说，她是。

生活的艺术家

在地球的这一边，我们的日子要纷繁复杂得多。

2012 年，连州摄影节上，我第一次做策展人。我约请参展的摄影师有李宇宁、田野、慕容拖鞋、宁凯，他们有着不同的职业，同属于忙于工作又都痴迷于拍自己的照片的人，这也是我在编撰策展人前言时所能想到的他们之间的最大共同点。当然，我也根本不喜欢把活生生的人和艺术归类。

工作比较忙的，并不一定没有时间创作。而能在束缚中完成艺术的，应该比解了套的人要付出双倍的心力，理当收获双倍的钦佩。能把日常的苦闷转化为艺术的，那更是牛逼闪闪的才华。有艺术家能把环境束缚当作“后坐力”，他们的敏感直接原地爆发了。

李宇宁来自武警部队，在单位是搞宣传的。环境身份让他当仁不让地拿起相机拍摄士兵生活，他的作品《微光》就是拍摄军营中的女兵。他拍的女兵可不是我们惯常想象中的“应该”的样子，而是活生生的人的样子。年轻的女孩在理想的驱使和现实的压力下进入了军营，成为我们惯常概念里标准形象的一分子。李宇宁的镜头帮助我们实现了原本不可能的“窥视”，更是抵达被摄对象精神层面的关切的凝视。糅合环境的肢体、神态、动作及各种细节，向我们展示了一个特殊环境中的人群的另一面。视角人性、温暖，平静如呼吸，却有力如暗涌的水流，这看似简单轻松到“本该如此”的做法，其实扰乱了我们巨大的认知习惯。他只是用摄影说了一番静默的人话，就是在传统和某种坚不可摧的体系内的一道难得的“微光”。那是以生命和时间的名义向体制和传统喊话，告诉我们漠视即是原罪。可是，看得出根本无人作答。不测的是，最终竟因发表的问题，开罪了上头。上头驾轻就熟地处理了此事，李宇宁终于身份不保。辗转一两年，才进入新的体制轮回，像薇薇安一样，换了一个新东家。

也就是在那年的连州摄影节上，李宇宁凭这组作品获得“年度艺术家”大奖，所有关心着他的朋友都激动不已。作为这场摄影节策展人的我，更是与有荣焉。

另一个能让艺术与生活共舞的典型是慕容拖鞋，其人本名于建华。大型企业的“厂办”工作身份和骨子里对摄影的热爱，可想而知要常年在此人身上交战不已，这也造就了他性格的戏谑和多面。事实上这样的人最知道日子里的凶险和滋润，他的影像是山、水、发、肤间的荷尔蒙的穿插，敏感又不羁，嚣张却细腻。他会熟练地拆解白天的和谐，在夜晚把它改装成一个尤物。恰如一尾畅游在限制与反限制之间的鱼，一次次声张着自己突破和不服从的意欲，直至把自己弄成为一部“邪典”。在厂办搞会务、招待，其工作性质或许也可以视作“保姆”，甚至陪吃赔笑的日子远比大洋彼岸的保姆生活更要惊心动魄。终于，这位灵魂浪子去年告诉我，他辞职了，离开了那个工作了二十年的厂。他打算跟朋友合作开个茶舍，说可以自由些，开始了照料自己的日子。

前不久，又见他开始在网上贴出饭局照片了，看得出他情绪尚稳定。只不过桌上那些菜品跟原单位的比，起码要低上两个档次。

很多摄影师朋友曾在网上跟我叹气，特别是刚毕业参加工作不久的小同学。比如说必须得不停地打工、打工，如果这个月不工作，下个月就得去睡大街了。我只能跟他们说，再努力真正做到善用时间吧，连时间像乳沟这样的话都说了。其实，真有了时间，会不会善用呢？记得几年前，有一次我在家中上网，与颜长江大哥 QQ 聊天，说到工作和时间，颜大哥除了对我能拥有宽裕的时间表示羡慕外，还说：“我觉得你应该让时间烂到外面去。”我立刻就明白了，随即关了电脑站起身，跑上街去买了一张第二天的火车票。

各受各的苦，各寻各的欢。谁让你喜欢！

普希金说过，“没有幸福，只有自由和平静”。不仅要在生活现场解决生活这个现实问题，还要就地解决艺术问题，这就是中国摄影师的生态。生态，就是我们活着的这个鸟样子。当有人在平白无故期盼梦想照进现实的时候，有人在努力把现实照进梦想。潜伏在生活里，"燃烧"或"缓释"，皆因为我们痴爱着这个世界，简直难以消解。

薇薇安留下的照片中，有不少是她对着镜子或橱窗的自拍，朴素且体面。可以想见，她在忙碌中也曾打量和慨叹过自己的身体和生命。

没错，身体和生命，构成了人生的全部迷局，我们要有足够的耐性用身体穿过生命，并且保持发型不乱。像一个战士一样，像薇薇安同志一样。

因果

我们每个人都是一盏微弱的灯，
都是流浪着的、时间的孩子。

那个雪天，我被连夜运回中原

中原年关

2010 年 2 月 11 日，是大年二十九，我持着一张机票，准备去郑州。听报道说那里下第一场雪了，我想我该去北方了。

到了机场办票的时候被通知，郑州机场因雪关闭了。我被大巴车拉回广州市内，安排在一个小酒店住下等候。一天全无消息，在家附近住着并与家人联系，这是一种什么样的怪感觉！午饭免费，然后在屋里看电视。继续免费的晚饭时被工作人员叫出，坐车奔机场，终于办了票，近 10 点才飞。一架空客 A330-200 客机终于在子夜让我降落在新郑机场的夜幕中。

下了飞机与两位江苏人拼了一辆出租车去市内。他们在车上抱怨着坏天气加上春运让他们从西北做生意回来，几经辗转，途经郑州，还不知道能不能在大年三十赶到家中，实在急迫。

我是全然不在乎过年的。一段未知即将在前面展开，才是我最紧要的年关。

期待有雪的世界，有雪的风度、意气，这是中国的文化意象里绝不能缺席的样子。我要在这个寒冬和纬度把自己干燥一下，冷一下，冻一下。

出租车在陇海路和紫荆山路交叉口将我放下，我提着行李站在冻雪的街角路灯下。我的朋友蓝普生和满仓裹着大衣出来迎接寒夜来客，看着他俩拢着军大衣袖子远远地咯吱咯吱地走来，我知道我真的回到了北方。码头的心，在这个时节被连夜运到了中原。

第二天是年三十，我们骑自行车去古荥，那是荥阳的故城。实际上那里也无甚可拍，算是先去感受了下中原的冬天。中午我们来到一片战国时期的土城墙遗址上，冷风飕飕，满眼都是土黄。我们带的午饭面饼、菜和牛奶之类，全已冰凉。我们就躺在那衰草连天的城墙上吃，觉得那些东西吃到肚里后还是凉的。好在我的心是热切的，静静等着这新开始的旅程将会发生的一切。像是一个新转学来的插班生，热切地感受着新的环境；也像刚结束艰难初恋的人，憧憬着明天就可能重燃的崭新爱情。反正，我就要融入这无边的博大中了。

不记得有多少年没有骑自行车了，我们返程骑进郑州市区时，已经是傍晚，我早已累得不行，骑几百米就要停下来站一会儿。远近都是除夕的鞭炮声噼啪作响，人们在越来越暗的天色中争相宣示着那可以循环的欢乐。可是，我要找的欢乐，知向谁边？

“我身骑白马呀走三关，我改换素衣哟回中原。”

鞭炮声，可以再热烈些！

庙会之旅

那次，我还去了巩义、开封、滑县、浚县和宝丰县马街书会等地。虽然我自己也是出生在安徽淮北平原的人，也是听豫剧长大，但这一趟带着镜头的行走，让我深知了中原的分量。

视觉上的中原，一马平川，基本无甚阻碍。冬天，树梢叶子落尽，干杈子铮铮地在空气中抖动，不知道是死了还是活着。也像是睡去了，但不知道来年开春是不是还能醒来。就是在这般冷峻的环境中，年关的各种民间活动是最热闹的。

浚县在豫北，县城夹在东西两座矮矮的山中，年关的庙会最为火爆，正月初一到十五，天天热热闹闹。那次是初八赶到，因为听说初九将是一个小高潮的主要日子，会有一些民间活动可以看。初八晚上，耐心地睡下，压制着对第二天到底有什么好玩的热闹可以看的强烈想象。

第二天起了个大早，出得门时天还黑着，走到街上才被震撼了：街道上满是一群一群的人，大人小孩，就在黑黑的街上，闷头往前走。可能是因为太冷的缘故，他们并无多少言语。偶尔驶过的一辆车开着的大灯会把人群照亮，投出长长的影子。朋友告诉我，这是附近村里来的，大伙结伴今天进城来赶庙会祈愿的。如此看来，他们得是半夜两三点就起床赶来了！他们拢着袖子，十数人一群，有的打着旗子，在冷冷黑黑的街道上人头攒动地向前走。我想这就是文化的血液汩汩流涌的样子，可能在千百年前的这个时辰，人们就是这样赶过来，这样呼啦呼啦往前走。这场景让我在街边呆看了好一会儿，才想起跟着人流走。天亮之后，庙会上的热闹逐渐呈现：烧香燃鞭请愿、锣鼓狮子表演、大人小孩买用的买吃的、跟假的狮子老虎照相。无数颜色、无数声音、无数食物香味裹着无数小小心愿，都在这春节里铺陈开来。什么都有，什么都在此时热烈，满地漫天都是，嘈杂凌乱却又让我无比踏实。

接下来，要到平顶山宝丰县看马街书会。马街是个村庄，评书之乡。每年正月十三这天，四面八方的甚至包括外省的说书人，汇聚于此，交流表演。场地就是村边刚出苗的麦田。民间说书艺人各自为阵散开，在那前后两三日亮出嗓子唱，有的三四人组成一个乐队，演唱有胡琴和书鼓的伴奏；也有不少单干的，一个简单架子支起一面小鼓，敲起来连说带唱。还有阵势大的，在货车的车斗平台上表演，还带有横幅、喇叭，豪华许多，看得人也就多些。

还有各种卖吃的小摊，打气球、套圈圈、小火车、过山车这些大小游乐摊位也会在周边提前搭起。豫剧和曲剧的戏班一般也会有一两个前来，搭台唱上几天。观众主要是老年人，他们带着小板凳来，穿得厚厚的，雕塑一般坐在寒风中一直看。

我想让曾经见过你的一切告诉我，你最初最完整的面目。

——《无头将军》 浚县

去民间活动上拍照，是需要提前两三天到的。各行各业在那忙东忙西时，是最有可能拍些照片的时候。等一切“就绪”了，你在正日子那天才到，那只有看人头的份了。

麦子地的边上，每年往往也会搭几个大篷。所谓大篷，就是流浪歌舞表演的大帐篷剧场了。这种形式近年在其他地方其实已经很少了，据说宝丰这个地方，本来就是这种大篷剧团的故乡之一，在外地演出的团不少也就是宝丰的。因此，本地有这么大的会，班主也不会错过就近挣钱的机会。

大篷会提前两三日就搭起。一个团通常有一货、一客两辆旧车，货车拉设备，客车拉人，也住人。把钢筋骨架和帆布、固定的网和钢索依次装妥是团里男人的事，女人做饭洗衣。当然，她们还是演员。

我们提前一整天到了马街，除了溜达拍照，还去看过两个大篷的表演。歌舞演出的质量通常很粗劣，一般是唱歌跳舞、魔术之类，票价也就五块十块。我进去看的两家，都是还没到正式开演的时候，台下观众寥寥，台上五六个女子站成一排开始跳舞。其实这还不算正式节目，是“拉场子”舞，边跳边等待大篷外做着买票思想斗争的人。团里的女人都上，估计老板娘也上了。穿的是比较宽阔的“三点”，妆化得也艳，就在震天的迪斯科音乐里一字排开扭动。其实也不叫舞，像各人自创的热身体操，并且各人高矮胖瘦不一，跳得不整齐也不划一。有人显得羞怯，动作幅度小，随着音乐做些比画，似是新手；有的却扭得猛烈劲爆，敬业非常，尽显台柱风范。舞曲在无限反复，台上扭动的肉体也在无限反复。大篷外的高音喇叭在继续吆喝观众入场，已经进场落座的人也不急躁，抽着烟，眼光与台上肉身对峙着，我猜想隆隆的音乐战鼓中，每位看官都在任凭意念冲上台去厮杀着吧。

肉身们的耐力实在巨大，能几十分钟一直那般地跳，不知尽头。终于我耐心崩塌，逃将出来。

江湖还在

第二天是正月十三，我也是天不亮就从县城旅馆出发赶往马街的麦子地。为的是在高峰人流到来之前去寻些机会。据说近年书会举办当天人数能超过十万，实在让人害怕。更让人害怕的是，据说人海之中，会有比说书艺人还要多很多倍的各路手拿相机的摄影师们。

凌晨时分，天色刚由幽暗转为淡蓝，流浪歌舞团的大篷伏在麦子地里，等待着新一天的躁动和收成。演出班子住的旧客车上，先亮起一盏灯，有人醒来。我猜想大抵是位姑娘，也许就是我昨天看过的跳舞者中的一位。接下来她会梳洗打扮、生火做饭，睡梦与现实在这个清晨对接。

你看，这是流浪着的人，是跟我一样流浪着的人。我想对面客车上那双醒来的眼睛如果也看着她的对面，也会心生惊奇：“咦！咋有个流浪汉在照相呢？”

我在拂晓的清冷中远远地这么看着，怎么也不能把眼前的一切跟昨天的三点舞联系起来，感觉却一样强烈。江湖还在！江湖中还会被翻出这种旧情怀。我感慨起这时间里的命运和命运里的时间，我甚至在拍照的时候退后又退后，我不怕把那盏灯光拍得很小很小，我生怕小小画框包不下这许多时间和灯火牵动的愁肠。

我的一位朋友说，将来他希望能把这张照片挂在家里，纪念他漂泊的一生。我想，我们每个人都是一盏微弱的灯，都是流浪着的、时间的孩子。我自己也是一只不系之舟，怀揣着瞬息换千年的野心，融入了这古往今来都没有变过的漂泊流浪。年月把太多拥有变成失去，但还是遗漏下一些旧情怀，陪我们一起，一直去往我们那么不确定的未来。

不是在路上，是在人间。

我原本以为摄影可以是悠游于不停变换的码头，可以是攻城略地般地转战江湖，凭着铤而走险的勇气踏遍万水千山即可。可是，一旦抵达那些动人的所在，心随境转，心都会久久停留，离开也会挂念。它是动用灵魂的事，它根本不是一件可以定出收工时间的事。精神的游牧一旦诗意地还乡，离别即是流放，虽半步即是天涯。

正因如此，苏东坡被贬海南即将离开时，曾很肯定地说道：

岛上写的文章，最后终归要传回中原。

我们每个人都是一盏微弱的灯，都是流浪着的、时间的孩子。

——《流浪歌舞团》 宝丰

出门人

少时的远门

以前玩乐队时，键盘手是个文弱的人，在电厂工作，来自农村。有一次闲聊时，他说起自己的家庭："我的父亲也是个特别老实的人，他最大的过错就是把我和弟弟培养得这么胆小。"

这句话给我印象很深。回想一下，我在县城中学教书的父亲也是一样。本分至极、老实至极。他曾经的最高追求就是把我培养成一个和他一样，可以旱涝保收的教师。

上初一时，我因脚踝患上骨髓炎，休学一年。父亲在报纸上看到山西稷山县有一家民办的骨髓炎医院可治，于是下定决心背着我日夜兼程前往。那时候的绿皮火车都是很慢的，而且需要多次转车才能到。父亲自己也从没出过远门，还要带着行动不便的我一路颠沛。那时我虽已上初中，却还是懵懂得很，一直晕乎乎的，什么忙也帮不上，只是作为父亲沉重的负担在他的肩上跟随着。每到一地，他把我放在一个地方，就去焦急地问询车次的事，还要去买吃的。

看着他忙碌而紧张的样子，我第一次感觉到出门是一件很艰难的事。

到郑州火车站是第一次转车，但时间有一夜间隔。没什么钱，住旅社根本不在考虑范畴之内，于是决定在火车站过夜。父亲先在郑州站内一番查看，然后回来背我，说发现有一个母婴候车室不错，那儿人少。父亲背着我进了母婴室，匆匆忙忙在一个大柱子边上铺开一个小席，带着我枕着行李立即睡下了。

早晨醒来，躺在那儿一睁开眼，就发现脑袋边上全是人的脚在走来走去，好像他们的鞋子随时会踩到我们的耳朵。原来是车站热闹的一天开始了，父亲恐慌着起身，看行李还都在，便收拾了铺盖带上我继续赶车去。我又一次感觉到出门的不易，这次分明是狼狈。

接下来的火车沿着陇海线一直西行，来到陕西华山脚下的一个叫孟塬的小站，我们下车，要在这里转乘第二天往北去的火车。

又是在车站的一夜，不过这次有候车室的木板座位可以睡。早晨醒来时，发现不像郑州站那么乱，没有多少人。从环境上说，那是一个很可人的小站，车站像个大院子，南边可以看得到华山，青色的，很美。还看到有些当地人端着盆在车站里走来走去，原来是向旅客卖洗脸水，三毛钱一盆。是那个车站没有洗手池还是人太多排不上队我不记得了，但肯定是没法儿洗脸，才有了这种生意。我好像问了父亲，我们买不买？我看到父亲低着头，沉默着。然后他抬起头，最终决定买上一盆，我们俩洗了个脸。

往山西去的火车傍晚才来。开车不久经过一座大桥时，父亲喊我："看，到风陵渡了，桥下是黄河。"从车窗往西看，记得当时的景象是令我震撼的：宽宽的河滩几乎与河面齐平，逆光中反射出一些灰亮亮的光。那些可能原本在桥上的鸟被火车惊飞，在河面上空盘旋。远处的夕阳，怎么可以那么大，那么美？

那是年少时的我最远的一次远行，那景象也算是奔波中最难得的激荡了。

幸运的是那医院真的为我的腿病开出了良方，住了一段时间院，为了省钱，我们带了药方和一些药回乡继续治病。

父亲又背着我一路转车回来……

艺高人胆小

前年冬天，时隔二十年后，我来到风陵渡黄河岸边拍照。虽然风陵渡已不似当年模样，但我还是百感交集，在南岸正在修建度假村的工地上走着，浮想联翩。从当年的第一趟出远门，一直到后来的现在，中间不知道隔着多少趟远门。从出门时那么胆小害怕，直到后来出门成了家常便饭。时光匆匆过，那个少年正轰然老去。我想，将来我也会带我的孩子一趟趟出门，来这些地方。早早地教会他生存、跋涉，让他不害怕。我不知道苦难是不是成长的必须，但是我愿他经历的每一件事，都让他不断地胆大。也许这时代的孩子

请忘掉那些不期而至的忧伤吧，记得在今后的旅途上，依然盛装。

——《火车上的不高兴女孩》 重庆

根本就不会胆小，胆不小的人，才会不那么愁苦艰难吧。

就在去年夏天，儿子跟他妈妈回老家过暑假。准备返回那天，我接到了儿子的电话："爸爸，我们在火车站，准备上火车了。"我说："好呀，耐心候车，注意安全哦。"

"爸爸爸爸，火车来了，正在开过来，还有五十米……四十米……"

"赶紧挂断电话！看好行李、跟着妈妈上车！"我近乎怒吼了起来，吓得他赶紧收线。我没想到火车开进站台时他还有心思这样跟我通话！在我脑子里，火车缓缓驶来的时候可能是人生中最让人揪心时刻之一吧，必须高度注意、严阵以待的。转念一想，我为什么要吼他呢？他那时候还敢那般轻松地跟我通电话，说明他全然不知道怕的。就让他如此无畏无惧地出去再回来不好吗？为什么还要吓他呢？为什么要把他吓怕了，再告诉他不要怕呢？时代造就的焦虑，总让我随时随地把脑子里的弦都快绷断了，应该让下一代人从最初就能免于恐惧。

生存的全部秘密就在于无所畏惧。

像我这样的，从小地方出来的人，又是从那个时代、那样的家庭走出来的人，大抵是缺少见识的，做事自然缺少些胆识。只懂得在被动困顿中坚持本分、顽强自救，许多有着开拓可能的事，做不出来，不敢做。许多可以说的话说不出来，也不敢说。面对自己，我总是得出这样的解析：像我这样的人，就算再努力、再磨砺，顶了天可能也就是成为一个"艺高而胆小"的人吧。

这几年，我经常去郑州，经常在经过火车站时想去找一下当年我和父亲打地铺睡过的那个母婴室，想去看看。郑州站二十年前就建得特别大，现在仍没有变，但每次我也总是匆匆或内心里以匆匆为借口而没有去找。我怕想起曾伏在父亲背上看着他的每一步艰难，怕想起他问路时的焦急神色，怕想起他花钱时的每一次为难。

我怕当真再次去到那个地点时，会站在跟前，流下泪来。在我练得什么都不怕时，我怎么又怕了。

非诚勿扰

“我关心人类”

电视相亲节目《非诚勿扰》中经常有一些男嘉宾在介绍自己的兴趣爱好时，会很兴奋地说“我爱旅行”。晕，有没有人不爱旅行？你是没有什么更拿得出手的爱好了是吧？我想跟他说，我不仅热爱旅行，我还喜欢在旅行中观看《非诚勿扰》。

这个节目开播三四年了，我几乎没有中断看过。起初还不太好意思声张，后来陆续揪出好几位朋友都期期必看，我心里才敞亮一点。

在拍照途中，遇到周末，找旅店时就会找有电视的。也先向老板问清，房间电视能不能收到江苏卫视？创作之余，它确实给我提供了额外的欢乐。

真人秀，这是哪位大神最先翻译过来的？这么有“活体”感！不少朋友疑惑，你怎么还会喜欢看这个，我告诉他们的答案是：我关心人类。

这是一次每周两场的、开了多年的探寻婚恋观的研讨会，大家都在这里窥探别人，也思忖自己，当然也思考一下社会。偶尔还有“奇葩”出现，顿时欢乐增值。

早期的《非诚勿扰》要好看得多，当时台上普通女孩和本分女子尚多，理想主义爱情偶尔配对成功，让人惊喜连连。那时候相信着爱情，起码觉得会有小概率事件发生。慢慢慢慢，情况变了，站成排的女嘉宾似乎越来越像高端女神，也带来了越来越高的关于物质的条件。讲物质已是其心照不宣的本意，来这里只不过是寻觅其他附加值。而今，还能做出“我愿随你劈柴喂马”、“我陪你去农村创业”这样的感人承诺者，几稀。

游戏越玩越升级，闯关变得越来越难。

二十四张重新洗好的牌立于圆桌，欢迎下注，愿赌服输。

伴随着“ Can you feel it—”号叫般的歌声，观光电梯一次次把义无反顾的男嘉宾送下来，来轮番攻打由才、貌、金钱、地位等要求构筑起来的巨大城防。看爱情渐渐变得像看赌局，屌丝逆袭白富美的攻坚战，令人揪心。纵有情意千斤，往往是空表白一场后被婉拒，再死心塌地送上礼物，能换来女嘉宾一个拥抱离场似乎已是不错的结局。

“当贫穷从前门进来的时候，爱情就从后门溜走。”

没有什么人再愿意跟流浪汉去放马南山，没有人再愿意跟老师去乡村支教，甚至没有什么人愿意跟新晋小业主一起去打拼人生。他们捧着一颗心来，也只能不带半根草去。砰砰的灭灯声像几十台爱疯接连没电了的提示音，又一个屌丝英雄被挑落当场、无情抛弃。

但是，海外或港台人士一出，情势就立马不一样了。刚刚痛斥前一位屌丝的女暴君们会突然收敛了高傲，一派含羞带露模样。场上气氛转为温婉和睦，嗲声四起，笑意盈盈望着男嘉宾的眼睛们开始忽闪忽闪，分明不停地迸出几个字“我愿意”。特别是来了颇有身家的，富得只差找个人去环游世界的那种，就好似一块偌大的芝士蛋糕漂洋过海而来，二十四把刀要围而切之，不对，是想抱走带回家切之。这个时候的灯是绝对要保留的，我猜她们恨不得把手背到身后去，或者恨不得在灭灯按钮上加一个罩，以免误碰。

有女嘉宾在个人介绍里说，自己每天很宅呀，就是在家里吃吃东西呀打打游戏呀，俨然专等王子的到来，等得好苦好惨！此时，王子终于来了，她也一扫慵懒来了精神，像自己的摊位前来了一位大主顾，终于有希望把自己的东西卖个好价钱。

越来越明火执仗了。“诚”这东西成了一个好使的绳套，诚套高富帅；若是那天真无钱的来了，就迅速收绳勒毙。我不是不相信爱情了，而是有点不担心人类了，他们已经进化得猴精猴精的了，已经牢牢掌握优胜劣汰的进化规则了。

为我留灯

几年来，我们几乎一次也没有听到过被牵走的华丽女神们走进婚姻的喜讯，相信主持人和节目都乐见其成，但随着一年一年往后推移，好结果欠奉也已经显示了这鸳鸯谱未必靠谱。猜想，可能多数也已经散了吧。就像爱情电影只演到他们幸福地结合了，后来的生活却交给观众自己去过。介绍大家去约会没有什么不靠谱，而这种牵手从最初的诚意上就有问题。

钓得金龟婿的女嘉宾泪眼挥别众姐妹，甚至会说“一定要幸福哦”，我就十分纳闷：有谁打算跟幸福过不去吗？“一定要幸福”，还有比这个更虚弱的祝福吗？能不能给二两诚意！

没那么简单，爱情就算不是苦行，也起码是一场修行。可能退役的女嘉宾们现在已经学会在周末晚上窝在沙发里一杯红酒配电影了，连《非诚勿扰》也不看了吧。

搞艺术，诚意也是必须的。诚意首先是对自己的诚实，这不是一个女怕嫁错郎、男怕选错行的问题，而是你面对要体验的这一生，是否选择“走心”的根本问题。

摄影越来越不是个手艺活，它跟你的生命有关。没有多少技巧可言，只有逻辑和取向，也就是说，诚意才是个要紧的问题。认清问题、重视生命，找到适宜自己的方式，观看和思考。这就是摄影式的人生，用摄影体验这一次生命。“个人是历史的人质”，我们处于这个历史和环境中，虽然我对现实总体悲观，但命运已经将我们推进了这部升降梯，我只能上场去体验一次。

男人爱女人，真好。就像我们都还爱着艺术。

我一直坚持认为，是理想主义者在推动地球运转。理想主义总不甘心与我们生活中的寻常态度处于同一海拔，总是扯起些许落差。为了达到心目中的“理所当然”，他们的设想会美好一点、当真会过头一点、坚持会顽固一点。这种落差，正是一种动能，地球就可以缓缓转动了。如果都求稳妥、讲交换，什么都平衡着，也就什么都平静了。就不会做超前的引领、不会去过有追寻的日子，也不会有脱离了物质条件的男欢女爱和你情我愿。

三分姿色在商讨着利益最大化，甚至考虑移民“换了祖国”；十分诚意守望一个梦想哪怕三年五载，已是好难好难……

好在我们的历史与环境还有些体温。我也还惊讶于我在这个年龄还能为未知而惊喜心跳，还有纯良的奇迹在为我留灯，等我去用诚意把她们牵走。

不委屈自己，便冷落了这个世界。

在异乡以相机为伴的漂泊日子里，我想，只要是你是诚实的，你可能随时进入一个陌生的梦幻舞台，经历一段爱恋或一场冒险。你可以提出问题，也可以述说情怀，而且这时候权力一直是反转的——你说了算。

Can you feel it—

愿那诚意之门不断打开，不断有勇士昂扬地走出来，去完成生命给我们的那既难搞又让我们欲罢不能的试炼。

我没有成为自己不喜欢的样子

有用还要够帅

小时候，我家住在一个镇的中学里，离镇上还有几里地，是被村庄包围的一块地方。那是一个什么都贫乏的地方和年月，就是在那儿，好几样最初的职业梦想萌生了：卖冰棍、放电影、照相师、当兵……

第一个想法就是卖冰棍。卖冰棍的大哥实在太酷了！他们一般骑着自行车来，后座上驮着个木箱，箱中的小棉被内便是码放整齐的夏季里最晶莹剔透的宝贝。后来想想，那些其实是硬邦邦的老冰棍，奶油冰激凌之类高档货是后来才有的。有时冰棍还分颜色，有黄色和水红，有点水果的味，更加诱人，后来才知道里面无非是一些色素和香精吧。这些全不要紧，要紧的是他们的到来。冰棍哥哥穿着背心、戴着草帽、脖上搭条毛巾、骑着自行车飞驰而来的身影实在太帅。他们手中还有一个能发出声响的“宝物”：锯开竹筒，只留下竹节的圆片部分，在边上钻个孔，拴根小绳，绳尾系一粒小圆珠子。这个宝物持在手中，像扇扇子一样摇动，珠子打在竹节两面，便会发出连续而清脆的嗒嗒嗒嗒声响，我们都叫它“冰棍摇子”。小贩摇着它可急可缓，免去了吆喝的劳累。那个声响，与冰棍哥的帅气、水果冰棍的清凉甜美是浑然一体的。曾经，我很认真地问过爸爸：我长大可以卖冰棍吗？

每年，当听到卖冰棍的摇响第一串嗒嗒声，我和妹妹一定惊喜地对望：啊，夏天来了，卖冰棍的来了。然后会去找爸爸商量，我们是不是可以买？买，是艰难的，天天吃冰棍，实在是太奢靡的消费。好，就算不买，我在家中也可以听着那些勾魂摄魄的嗒嗒声响，判断出它们的方位、远近，以及小贩的数量。只有在极热的夏天，我们小孩子需要老老实实午睡，醒来后，便可以从大人那儿领到一角钱去买上两支冰棍吃。吃的时候是不能胡乱跑动的，因为有时冰棍保存得不够好，有要融化的倾向，我与妹妹须在地上摆一个脸盆，然后围在那儿蹲着吃。爸爸还会在边上看着，不时指点我们应该怎样吃才不至于浪费：化了的冰水不要流到手上，吃到尾声时冰棍快散架了要用手在底下护住，最好及早吃到嘴里落肚为安……

后来，爸爸还曾给我做了一个“冰棍摇子”。做好之后我就喜不自胜地摇着它在校园里飞奔，引得别人狂笑：你光摇，你的冰棍箱呢？搞得我又很羞愧地回到家中。

我家所住的中学里，有位老师的哥哥是照相师傅，姓曹，一只眼睛是瞎的。小时候刚见到他时，觉得他那只塌陷的眼眶很可怕，后来慢慢发现，他是极有本事的，人也特别和蔼。每到毕业季，他便来学校内住上几天，做做给师生们拍毕业照的生意。那些天，是我和小伙伴们非常欢乐的日子。下午的操场上，围观他摆弄那些照相设备、组织学生老师们站队。就见他在三脚架上摆弄一番后，头钻进一块大的黑布里，黑布一直在动，不知道他在黑布里面做什么，我们只能等待。终于，头从大黑布里伸出来，看得多了之后，我们都知道关键时刻到了，也跟着屏息凝神。曹师傅手捏着一个椭圆的“皮球”，另一只手在大相机的旁边优雅地举起食指，“好，看我这里，不要眨眼睛……”扑哧一声，曹师傅捏下了皮球并弹射般地松开。我揪着的心也松开了，知道结束了，他搞定了。

照相真是有一种果断的帅。

中途曹师傅回去换胶卷，我们也会跟去倚在门边看，见他坐在床边两手插在被窝里摆弄，只见被子在动，怎么也不明白那是在里面做什么。觉得他就像一个魔术师，能操作一种神奇，能将人的像弄到纸上去。

在几天的工作快结束的时候，他偶尔会给邻里的教师子女拍几张照片，不要钱的。有一次得知要给我和妹妹照相，妈妈还慌忙让我和妹妹回家换上整洁点的衣服，纽扣全扣齐了去照。似乎是几天来的辛苦陪同有了回报，那么神奇的人，竟然还可以这么好。太想当曹师傅那样的人了，只是觉得他的那套家当太高级了，需要全部买来才可以当吧。这个念头在一个少年心里滋生着，像是遇到了一座大山，自己是根本没法逾越的。只能想想作罢，那实在不像做个“冰棍摇子”那么简单了。

总结那些儿时的职业梦想，它们隐约是这样的：有用是必须的，还要够帅。像曹师傅和冰棍哥那样，在被需要时会如约而至、风驰电掣而来。

不扮演才不痛苦

上初中时一度喜欢武术，其实就是被电影《少林寺》闹的，买了好多《武林》杂志看。看了李小龙的故事，又想练截拳道。记得一次，父亲一声不吭在院子里的树上吊起了一个沙袋，我问他：“弄这是做什么？”他说：“给你练嘛。”

喜欢过的事不少，回想起来，父亲还都是支持的。高中时，父亲曾许诺：“等你考上大学了，给你买一双拳击手套和一个相机。”父亲以前教过体育，特别喜欢拳击，一直到现在还每周末看电视上的《武林风》节目。至于为什么想给我买相机，我一直也不太清楚原因，大概这些都是他心目中想玩又没有玩过的好东西吧。

在我要去上大学前，父亲去百货大楼花了八十多块钱给我买了一把广东产的红棉牌吉他，应该是看我当时对音乐太痴迷了吧。在他的极力主张下，我和妹妹读的都是师范院校，在我们即将迈出家

往哪里去，已经根本不重要，我只想用剩下的时间找我的从前。

——《我的父亲与我的儿子》 定远

门的时候，他凭自己的经验替我们选择了一种旱涝保收的“稳妥”。

可惜我实在不是个受得住“稳妥”的人。离家转眼二十多年了，我竟然还是一个看上去毫无定性的人。毕业后分配在外地的中学教书，没两年就辞职跑掉，让父母揪心了好些年。后来搞音乐，颠沛流离十年，他们也是极为牵挂。直到后来做记者，经常给他们寄些报纸，感觉他们才安下心来。又十年之后，我又跟爸妈说，我又想辞职了，去搞摄影，他们再次陷入了无边的担忧。

我这代人，跟上辈人的交流着实很少，或者基本不交流，更多的情感都闷在心里。国人的情感，太内敛也太压制并且好拖延。现在每天我的儿子临睡前一定认真地跟我说“爸爸晚安”，我都很慎重地也跟他说晚安。我常想，我都从来没有跟我的父亲说过一声“晚安”，更不要说“我爱你”了。父母与子女间只有些最基本的关心，我也只在一些生活变动的节点上知会他们，这个节点又新成为他们担忧的起点。

父母年龄越来越大，让我这个已经习惯在外奔突的人越来越心有惴惴。特别是我的父亲七十多岁了，身体不好。这几年的暑假，我都会带儿子回老家与他们同住些日子。每次都发现他们又老了一些，尤其是父亲的说话、思维都不似以前。记得有一次在老家，父亲在说到关于我工作的话题时，叹了口气：“唉，做什么不行呢，能找一口吃的就行了。”这句话应该是他们对于我职业问题的意见终结，之后再也没有对此说过什么。生活的事，要求已经降到了底线，反倒都轻松了。只是他们对我没了担忧，我对他们的担忧却与日俱增。

前不久，母亲打电话来，提到父亲有次一个人上街去商场，出来后就迷糊了，差一点找不到回家的路，现在已经不让他一个人上街去。我的担忧又加了一层！我总是尽量多地给他们打去电话，以减少他们给我打电话。不是为了省钱，而是我已经很怕接到家里的电话，我怕终有一天，我接到了那个电话，告诉我那件天大的事。

少不更事时，认为人生、工作就是职业扮演，越往后越发现，扮演是件痛苦的事。内心的喜欢，才不用扮演。特别是在一些“大型艺术场合”，接触到不太喜欢的人和事，也会烦恼顿起，觉得那里的空气都不是我的。真的想拔腿就逃，离开那些红男绿女，回到我的实实在在的江湖去。一个新职业，并不意味着比前一个职业更对更好更轻松，同样有行到水穷处的郁闷，又总觉得尽量坚持才算是对的，因为乐趣的根本并不是在于改行。若能像个孩子般，怀抱着对一件事最初的纯真迷恋，并能一直没有烦扰地去做到底，那该多好。我在乡下拍照，偶尔就有小朋友充满好奇地一直跟着我，我也不会赶走他们，要看相机取景器里的影像我也会让他们看。我知道有可能这些少年中将来就有做摄影师的，如果这天他心里悄然种下了梦想的种子的话。他们就是当初的我。

愿烦扰不要降临在少年身上，以及他们未来的路上。愿他们“凡期盼的，都得到；凡寻觅的，就找着”。

近一些年，我也经常把一些发表了我作品的报纸杂志寄回老家，有时寄回厚厚一摞，父亲也经常戴起眼镜翻看。我不清楚他对我那些照片是否喜欢，但愿那些或许有点意思的图像和白纸黑字能给他们一些靠得住的慰藉。我不想跟他们说闯荡世界有多么难，也不想说在我慢慢看懂了这个世界后，不再妄论什么成与败，我只想用剩下的时间找我的从前。

我做得到的，我竭力做到最好；我做不到的，可能我永远也做不到。或许生命并不意味着成为了什么、做到了什么花好月圆，它原本就是这般的自在安然。

重要的是：我们都还在，我没有成为自己不喜欢的样子。

目的地

地点、方言和食性

“如果不是搞摄影，我可能一辈子不会来到这个地方。”我时常在拍摄地走着走着这样想。这话有喜欢和不喜欢两个意思，拜老天所赐，我都一并体验。

我当然不排斥途中的惊喜未知，但基本上都是有目的的，对要去的地方会有个大体的了解和线路的规划。既然叫目的地，就不会太信马由缰。

通常会首先确定一个大概区域，这个区域的确定一般根据季节和文化特点，并让它包含进我想去探访的地点。然后将区域内的地点连线，县城、镇、城市、风景区等。因为事前不了解，所以开始只有线路上连接的规律，到地点之后会根据天气预报等情况再调整顺序或增删。一般就是这样，走一个大圈，尽量不走回头路、冤枉路，尽量省路费也省时间。

一年几个大圈走下来，还是去了不少地方的。有两年的年底，元旦前夜，我想在微博上写出我那一年去过的地方，向这些地名感念一下。发现微博一百四十个字的书写栏竟然在不写标点的情况下也不够用。这说明那一年，我到过的县级以上的城市至少七十个。

一路上车牌的简称在变，可能跨过一座桥，“晋”就变成“陕”了，于是自己会调整一下心理定位，嘴里哼的曲目也会调整一下。就像别人敬我一支烟，我总想知道它的牌子和价格，不然的话，怎么知道以什么样的心情去抽它呢。在途中问路时，路人的口音也一直在变，有听了想笑的、有完全听不懂的、也有对方听不懂普通话的。方言这个东西，到底是怎么形成的呢？到底是自然演变成这样，还是基因做的手脚，这在我心中一直是个谜团。小时候就听别人说“十里不同音”，也有网友说他们村跟邻村的口音都是有差别的。书本上的正规解释是，其主因是移民，我觉得是有道理的。就是人口流动，造成了交流，语言互相影响形成了方言。也就是说，越是闭塞、流动少的地区，方言会越典型。假想一下，一个镇的人，如果封闭起来，每天人口充分流动、充分交流，久而久之这个镇上的人的口音应该是都一样的。由此又会引出现实的担心：当今社会交通发达，人口流动大而且快，这也一定会使得方言走向淡化。有个北京朋友跟我说，北京城里最为“老北京”的口音正在濒临消失，也印证了这个道理。老年人逐渐不在了，年轻人就算会说方言，但他们每天都在与外地人说话。“当地”已经越来越不是“当地人”的地方，地方的声音也就淡了。

我们失落了地方身份，也自然就丢失了作为识别符号的那些言语。这就出现了我们和一群朋友围在一起吃饭，都操着普通话互相询问老家是哪里的。其实，不如不问，看看个头、相貌可能还更容易猜一点。其实，丢了乡音，家乡是不是已经丢了几成？

食物也在变，甜咸酸辣麻，一路在变。河南的羊杂汤，从东到西一路散开到各地后风格就有不同。羊杂汤制作水平呼声最高的要数开封，老街边那有些破旧的油乎乎的旗帜在风中飘摆便是羊肉汤店飞扬的自信。冬季里门前热气腾腾的大锅和黑压压的脑袋，一齐发出哧溜哧溜的声音。开封羊杂汤口味浓郁，甚至有很重的奶香，一大粗碗的羊汤盛上来，简直就是一碗满满的荷尔蒙、卡路里，我总觉得早上来上一碗后，不去参加个什么竞技类比赛或拍出一堆好照片都是辜负了它的能量。从开封一路往西，郑州的羊杂汤口味就不似开封那般重，但也纯正鲜美。再往西行，到洛阳、巩义一带开始有羊血加入，渐渐从冲汤变成烩汤，从原汁原味的清汤演变成麻辣。再到陕西境内的小县城，虽然也有羊肉汤，但那已经是羊肉煮汤，变为另一个概念了。

这种变化也像重庆的小面，顺长江往东走，到万州时口味还差不太多。到了奉节、巫山，面条已经不似重庆市内香韧油黄，但总体上那碗面还有麻辣味，但麻味已经减少。等到出了巫山行至湖北巴东，就只剩下辣味了，再也不能称之为小面，如一座凸起的奇峰随着江流走势逐渐被抹平。其实地点变了，食材变了，其他地方又有别的独具特色的食物出现。比如武汉人钟情的热干面，就是另一种神奇。这么热、那么干，不配一瓶饮料，我是吃不下的。嗓子会像被点了穴，噎在那里动弹不得。

食性，好像没有方言那样容易改变。分析原因，应该是你在背井离乡之前，持续吃着一二十年相同风味的食物，几乎没有变过；而方言在你上学时就已经频频受到非方言的冲击，比如听老师讲课、看新闻、看影视剧。所以相比之下，方言比较“松动”，食性更“顽固”。我们想念家乡菜，甚至会想念“妈妈做的菜”，就是这个原因了，原因已经很明显：我们没有换过妈妈。

我们一边说着习惯难以改变，一边又被改变着，形成了新的习惯，而后又告诉别人我现在是这个习惯，难以改变。习惯是个懒惰的东西，难以改变的，是内心深处的那一点不舍。

我与陈卓食性相仿，性格上也蛮类似，颇谈得来。比如吃自助餐的时候，他说那边有个什么菜好吃，我就会起身去取，不会有误。以前跟同事出差，在酒店吃自助餐，我的选择直接而明确：咸的、辣的、蛋、肉类。我还会观察同事都吃些什么，当我发现有人取的是几块小甜点加几片水果、菜叶子拌着洗面奶似的东西，我会默默地震惊很久，盯着他和食物看，反复对照他和那些食物之间的联系，内心思考着这人有怎样的经历才会在可以放开大吃的机会中做出如此的选择。甚至在内心里思忖：我跟这样的人到底能不能成为朋友……

去目的地的路上，除了阻挡我们的，还有很多会让我们覆灭的险情。

——《山中雕塑》 敦煌

跟陈卓聊吃的次数很多，有一次话题扯到“如果你已经吃饱了，你还能吃得下什么？”“搅锅菜！”陈卓说。那是他家乡鲁山县的味道，“吃饱了都可以再吃”，应该是对一种食物最沉痛的褒扬了吧。

搅锅菜是什么样子我还不知道，于是我十分想去鲁山。

传说、记忆与现实

如果我待在一个地方不动，我会连续去同一个饭馆吃饭，吃饭不愿意换馆子，认定在同一家吃，还认定同一种食物不改换，不知道有多少人跟我有这种相同的奇特习惯。以前单位旁边有一家兰州拉面馆，我在那里吃了三年，几乎每次都是吃炒刀削面，一大盘，好吃又饱肚子。后来只要我一闪进店门，小二就扭头朝厨房喊“炒刀削一个！”。可能是我太信赖记忆了，且不喜欢内心有厌倦这个东西，不愿意为了所谓丰富去做试探，不喜欢它们毁坏我记忆中的好。

记忆比传说可靠，现实又比记忆靠谱。

以前在历史或故事书中看很多地名，觉得牛得要命，慕名而去后却发现没有一见如故，它们几乎没了任何想象里古时的样子或气息。新野，当阳，赤壁，嘉峪关，梁山……都是，一些地方因战事成名，本来也未必有什么特别的气质，与周围其他没出过事的地方无异，故而只留下了名字。城市长得越来越像了，全国各地的小县城都恨不得一个样子，恨不得一夜间变成大县城、大城。能变靓、变大，就像一位正值妙龄的女孩的全部春梦。也有地方本有些姿色的，勉强成了景点，但经营上乏善可陈，在现代延续着尴尬。比如那水泊梁山，原以为是个充满野性与自然之气的地方，到了之后才发现全然不是。山上搞的一些巨大的水浒人物石雕，样子很主流很革命很美院，把旁边勉强有些意思的小树林都带得了无意趣，洒家差点就当场生气了。

能有些资源遗存的，已属难得。更多的是已经无心去找回自己失落的气质和特色，只能粗暴梳妆，生拉硬扯，弄出些不伦不类的新地景来。

每次在出门拍照之前，我会把目的地的天气预报添加在手机上。随时随地查询天气预报也是拍照的一个重要功课。在回到家之后，我也不舍得把它们删除。偶然翻看，关心一下，仿佛我还在那里。一边翻看，一边想象着：重庆在下雨，码头上披着雨衣挑着担子的人正在向零星的游客吆喝酸辣粉、凉面；开封晴，气温十几度，老胡同应该还在安享一个暖和的午后；乌海的气温已经是零下了，运煤车卷起冰冷的尘灰；黄山阴，云与雾肯定又在反复涂擦着那些抛向空中的山的线条……

好的地方，还没有离开，便想再来。

不管是有目的的前往还是无目的的邂逅，那些因为好而形成记忆的，无非是内心的真正抵达和契合，它们在最美的时候于我们的心上划下了一道深痕，就像在照片上留下了最有意味的样子，为我们日后的想念留下了依据。许巍在歌里唱：“我思念的城市已是黄昏，为何我总对你一往情深。曾经给我快乐也给我创伤，曾经给我希望也给我绝望……”我对去过的地方，总是有着想念之情的，不会只把它们的名字当作谈资。曾经作为“目的”实现了，就像衣服一样叠好，码放在记忆中，这是一个不断地从内心出去并安放回内心的过程。那些去过的和还没去过的，以及永远不能再去的目的地，最终要汇聚起来，成为一个整体，叫作记忆。

有人说，我们想做的一切事，无非是要回到从前。记忆喜欢玩攀比的游戏，曾经的“好”在心里的印记越深，在照片上越美妙，便越是对身边的现实有了挑剔之心。有时会突然想去哪里玩，想去哪里吃什么，其实就是觉得近前的东西毛病不少，不如曾经的、我的它们好。

如此越积越多，岂不是要活得很累？

也不是，大自然会让照片慢慢褪去色彩，上帝安排我们会慢慢变得记性不好，胃口不好，行动力也不再好。直到安排我们躺在床上，不再有任何目的地。直到回到最初的、来的那个地方去。

我最终没有融入广州文化

我已经不上火了

十几年前，我稀里糊涂地来到了广州。曾试图学广州话，但是最终也不会说。也曾听说过“食在广州”，但我也不常吃广州菜，更不喜欢喝什么老火煲的汤，甚至不爱吃水果。之前在媒体上班那些年，同事中外地人多但都不说广州话。广州本地人之间才说广州话，于是失去了学习环境。后来广州话也不再时髦，干脆彻底不再想着去学。

广州菜很愿意体现食材原味，这是它优秀的一面。潮汕菜馆在广州也多，只是会贵一些。与朋友吃饭，只要可以选择，我还是会坚定地去川菜、湘菜的馆子。香的、辣的，还是比较对胃口。

广州的茶餐厅，按说是方便也便宜的，但在那儿总觉得吃得难受，不合我性情。一个盘子上面扣上一小碗米饭，边上摆几块禽肉，有时还会有三两根青菜——吃不饱啊吃不饱！而且，从面对着它开始，一直要盘算着那点菜与饭的进度怎么搭配，须严格控制交替入口的节奏，否则就得接受饭或菜不够的后果。菜—饭—饭，菜—饭—饭，菜—饭—饭—饭，至结束。被约束、钳制着吃东西的感觉简直糟透了，更不用说还是花了钱的。其间节奏还不能错乱了，比如菜先吃完，还得到邻桌找辣椒酱或酱油，把多出来的饭吃完，实在有失体面。

后来到了重庆、四川，情况就有了令人振奋的改观。任何一个小饭馆，且不说厨师手艺都是那么可靠，单说米饭装在大木桶里摆在旁边任吃这一条，是多么令人欢欣！饮食这东西，花钱多少先不说，愉快应该是基本选项。那些茶餐厅老板，把食客搞得悲情，简直就是犯罪啊。

造化是弄人的，到广东后几年，慢慢发现自己也变成了“广东体质”，轻易不敢吃辣的、油炸的东西，会上火。当记者的时候，遇尽各种意外、突发状况，火急火燎的事不断。导致我脸上起痘、牙龈肿痛、突然感冒，甚至在赶写稿子急迫时突然呕吐的情况都发生过。以前我嘴里有几颗不好的牙，但凡上火，它们就开始作痛，成了一些活火山口，我也因此受尽了折磨。终于有一回牙痛超级大爆发，跑到医院。遇到的是一位彪悍的大夫，断然宣判四颗坏牙全部拔掉。我在牙龈打了麻药之后躺下，大夫那彪悍的脸闪现在我已无知觉的脸的上方，他手中似乎拿着锤、凿，依次把那四颗牙从肉的土壤上挖出来。无痛感，只感觉到整个头随着锤、凿子一下一下震动，然后，是钳子的拧、拽……最后，他赢了，我满嘴塞满棉球踹跚离开医院。我觉得从那时起，我的性格就变了，我也好像后来再也没有上过火。

难道我就这样被凿成了南方人吗?

广州文化的一大精华，是我刚来不久就感受到的，那自由的空气。务实、直接，不干涉别人，没有多余的客套麻烦。比如你奇装异服，或者留长发，在街上没人觉得异样，在单位里也没有人说你，更不会有领导找你谈话。再比如你去做客吃饭，主人在开始时会问你喝什么酒，白酒还是啤酒，或者是不喝，由你选择，绝无死劝。你若直接吃饭，也可以，怕是一会儿看别人喝得起劲，想说喝点又不好意思开口——谁让你开始时做假。

北方有烈酒

不承认酒量有大小的事实，打着公平的幌子实施不公平，这是中国酒文化里，最糟粕的地方。把客人搞晕、搞翻、搞傻，模糊彼此思维让其浑然一片，这大概是要喝酒达到加深印象、增进感情的基本原理。或者是把感情持续推进一步，换来对方什么掏心掏肺的承诺，也是酒的实际功效吧。对我来说，只能是当时吐得掏心掏肺了，加深印象也是次日的事，因为后怕。

我们老家安徽有句话说：“家里来了客人，如果不是被抬出去的，邻居会看笑话”，这是多么实诚且无视一切生理后果的待客理念！

1996年，崔健乐队到我所在的安徽淮南演出，把这个摇滚重镇搅动得沸腾。演出时老崔玩得兴起，中途停下来邀请一位当地乐手上台共奏一曲，我被一堆摇滚青年们推上台去，从贝斯手张岭手中接过琴，合奏的曲目是《寂寞就像一团烈火》。作为一个非省会工业城市，淮南是寂寞的，摇滚教父的到来起码在那几日把无数摇滚青年的寂寞烧成了灰烬。当地的一位琴行老板还不失时机地在演出第二天把崔健和几个乐手请到店去玩，然后共进午餐。我也在席。大伙坐下来后，主人忙不迭地斟酒，挺别扭地叫着“崔老师”、“崔老师”，在座的摇滚相关人士们摩拳擦掌准备喝酒，眼看着一场正宗的摇滚与酱香型的顶级合家欢就要搞起来，以抚慰地方摇滚分支机构常年的寂寞衷肠。

“我们先吃饭吧。”崔健说，吉他手艾迪也附议。“啊？怎么可以先吃饭？应该先喝酒啊！”主人愣了。“吃了饭也可以再喝酒嘛”、“吃着饭喝也不是不可以啊”老崔继而抛出了冷静的解释。无奈，预支了激情的摇滚酒宴在教父发话后终于主随了客便。事实结果是大家一顿海吃，酒只在最后意思了几下。这件事像个寓言，在当时我这个摇滚小青年心中引发了激荡，至今回响。溺酒的原因有千千万，权力却可以往外捞人。

我的酒量，就是在河南练出来的。以前是一两的量，现在已经是二两。

我惊叹河南的敬酒形式：主人方某一人拎着酒瓶过来了，给你倒上三杯，看着你喝掉，而且他不喝。看着你喝掉，倒上第四杯，他才离开。不一会儿，另一人拎着酒瓶又过来了……我说我的酒量只有三杯，这样喝下去，不科学啊。有朋友给出解释，这个敬酒传统，缘于以前我们这个地方穷，酒是给客人喝的，主人是不喝的。同归于尽看来也只能是一厢情愿，什么也不必说了，两眼都是泪啊，我喝！每当此时我就想广州了，我想广州的茶餐厅了……

是否劝酒成了我检验自由的一个标准。我们到底有什么样的难言之隐需要用酒来一洗了之呢？竟然需要我们用自由去代换，它是不是被高估了作用？这让我想起了重庆洋人街的一道标语："我喝酒是想把痛苦溺死，可该死的痛苦却学会了游泳。"

一颗北方的心，活在南方的空气里。按理讲，缺少语言、饮食这些基本的融入，应该不能算融入了一种文化。前两年，北方的好朋友曾劝我搬离广州，认为我在广州待着已无意义。不如搬到开封、郑州或者重庆去，拍照片也方便，省去成年南来北往的动作。他们说北方好玩而且朋友多，可以经常聚并保证不让我多喝酒。我也狠狠地动过心，但搬家总不是件容易的事，加上我又不是不喜欢广州，后来就没去想了。

70 年代人受的教育，还是比较重精神轻物质的。相对于务实的环境来说，我就是个务虚者。就这样也不错，离自己思念的和心跳的都远一些，可以保持着念想的距离，这算是我想给内心的一种布局吧。在一种空气中做着另一种样子的呼吸，虽然是相对的、局部的、流动的自由，但它着实得来不易。南方自由的空气，分分秒秒会提醒我心之所指，让我在隐居的物质丛林里练习坐怀不乱。

冬日里在北方行走，我喜欢在野地里采摘一些花草的种子，有喇叭花，还有四季豆，带回南方来，一开春便在阳台上种下。这让我在整个春夏可以一直看到北方的样子，可以看到我不在的时候它们的季节。北方的颜色在我的阳台上疯长，一如我的想念。我想念北方的风物、饮食还有朋友，我要抓紧时间呼吸，调整，快让我再回到北方去。喝酒也行！

北方的气温、眼神与酒，都写有我忧伤的度数。

——《正月》 滑县

我还是把他带进了音乐的世界

我的音乐时代

我爱音乐，曾做过十年贝斯手。事隔经年，回想起做音乐的时代，恍如隔世，也早已被我签了失败的封条，打入记忆的冷宫。总结音乐给我留下过什么好的结果，也有两条：一是它造就了一个比较懂行的听众；二是音乐让我知道，感性和规律都是那么重要。

那些在不同时节听过的歌，会在另一年的同样的温度里想起；在不同地点听过的歌，后来竟会在音乐再起时想到那个地方。

“音乐是人类最美的梦”。音乐与情绪的连通性，我一向认为是艺术形式中最高的。音乐起时，一串鼓点、几声吉他清音撩拨，或是歌手一声呼号，马上把人情绪拉起。一首好歌数分钟的拍打揉捏，心肝脾肺肾俱已服帖。反过来，倒是难以想象人们会在一幅画前手舞足蹈或如痴如醉，如果是，可能多半是事先听惯了宣传，知道它特别有名或价格不菲。

玩乐队那些年的我，豪气冲天，扑向音乐的怀抱觉得找到了自己的终身事业，认定可以死在它怀里、可以死在舞台上。十年下来，不用总结，就知道是被音乐玩了的历史。说实话，心中还是有诸多不忿的，自己投以最青春的年华而并未实现最初的理想，觉得音乐有点对不起我。所谓理想，无非是“出专辑”、“吃上音乐饭”之类。做着什么却不吃那个饭，在中国人的观念里好像是无法接受的。那些陪着孩子去练小提琴、钢琴的，恐怕没有几个是只求修养、不求依靠的，可能不少家长是把自己的梦想加在了孩子身上。十几年前，无奈地与音乐挥别，也与镜子里那个转眼就挥霍了青春的小伙子沉痛作别。

希腊悲剧作家欧里庇得斯说：“出生在一座著名的都市里，这是一个人幸福的首要条件。”我挺认同这句话的，环境与机遇对人的成长作用重大。像我，生在父亲的农村老家，长于乡镇、小县城，出门读书才到了一个小城市。父母都略通音律，父亲会拉二胡，母亲会吹笛子、会弹点风琴，我在小的时候算是有一点音乐启蒙。上大学后才接触吉他，自是喜欢得要命，勤奋练习。那时全国各地摇滚风潮正劲，我也拜了市里最牛的吉他手为师，又阴差阳错地被吸收到老师的乐队里当贝斯手，并跟着到处演出、走穴，也去过闽南干歌厅挣“花篮”，自己好像已然吃上了音乐饭。由于不满足那种天天伴奏《爱拼才会赢》的生活，又只身跑去厦门拜名师学琴，随后又跑到北京上摇滚学校。再后来带着音乐梦南下广州，加入当时风头正劲的摇滚人王磊的乐队弹贝斯……种种经历，转瞬十年，后来再看，都是过于折腾了。这些对于小地方成长过来的人，作为人生经历虽够丰富，但始终是缺少更多的文化理念上的见识的。同时，也没有更好的格局规划，只是缺钱找钱，缺艺拜师。认为苦练便是音乐的秘籍，想的是自己能成一块什么料，能有个什么用，而始终离悟道甚远。等到一步一步走到较大城市、大都市，又发现时间已被活生生地花费掉了。

特别是我到了广州后的几年，互联网开始普及，大量学习资讯可以从网上获得，并且是难以想象的丰富。

当年我为了学琴，在厦门的老师家打地铺住着，包揽了一切家务的同时在那里拼命地练啊、问啊，恨不得能一直在那儿边干活边学习。在北京学琴时，几个同学挤在一个小屋里，天天为吃方便面能配点什么发愁。到头来，带回去的也就几本复印的初级资料和几盘翻录的国外教学录像带。回到安徽后，连个录像机都不好找。一次，好不容易找到有录像机的人家，就带了录像带去看，又不好意思打扰人家太久，就用随身听录音机对着电视机把声音外录下来。就这样一直听那干瘪的录音，录像带也几乎没看。回顾我的练琴史，用的所有资料也就那几盒录像带。

总之那是一个技术资源和智力资源都缺乏的时代，而且恰恰是尾声，而且恰恰我在。在我之后一代的乐手，已经可以在网上轻松下载音视频教材、演唱会现场、大师访谈等。客观地说，我在积贫积弱年代奔波十年的路，新人们完全可以在两三年内走完，并完全有可能做得更好。

梦与纪律，是相识一场的音乐留给我的全部。

——《清晨的萨克斯》 武汉

到广州之后，曾跟几个老外一起组乐队做酒吧。发现他们的音乐素质高过我很多，键盘手抱起贝斯也弹得韵味十足，鼓手拿起吉他也弹得飞扬跌宕。不是妄自菲薄，实话实说，那时候我才了然所谓技术在好的“音乐性”面前是没有发言权的。

好吧，不说丧气话了，好在我们还有二胡。

床底下的旧梦

后来一次帮朋友搬家，遇到另一个来帮忙的朋友游威，聊天时他对我的经历蛮感兴趣，把我介绍到一个音乐杂志去上班。于是那次帮人搬家，竟成了我离开乐手行业的一个转折。后来又跳到报社去当娱乐记者，再当摄影记者，又一个十年划过。在此期间，贝斯等乐器被我扔在床底下，倒也没想卖它们，我在上面流的汗太多，实在不忍以卖的形式抛弃它们。我不止一次想过、也不止一次跟朋友聊天时共同说起：将来有了小孩，可坚决不能让他走音乐这条路了。对这个经历和无奈结局，说到底，内心里有郁有恨。

不搞音乐多年，偶尔听到心仪的好歌，也会从墙角扒出吉他拨弄几下，像一个发誓戒酒的人趁人不注意又偷偷咂上一口。也曾有朋友跟我说，你的音乐其实没白搞，你的照片中是有音乐的。这是安慰还是赞美我一时难以分辨，只能苦笑作答：你耳鸣了吗？

转眼2004年，儿子严亨出生，那个时候我正兴致盎然地做着摄影记者，应该说那是个没有音乐灾害的幸福家庭。几年后，去他幼儿园看过一次儿童节表演，他跟同学一起表演电子琴，我之前都没留意过他报了什么电子琴班的。当时看他弹，也就简简单单的儿歌，心想好吧，弹弹乐器也好，起码将来不至于五音不全。

他上小学后，一次我坐在沙发上闲来无事，问他，你们有音乐课吧，把音乐书拿来我看看。翻到他们正在学的一篇讲节奏音符的，我问他会念这些节奏吗？一试，不会。晕，我来跟你讲。抓过一张纸，一口气给他讲了四分音符、八分音符、三连音、前十六、后十六……后来发现他都记得住，把旋律填进去教他，也能唱。当时只是想，家里现成一个懂音乐的老爸，怎么能在小学时就对音乐课本稀里糊涂呢？那是我第一次给儿子上音乐课。

要检讨的是，葫芦丝、巴乌、笛子、口琴、吉他这些东西，当初我挂靴之后，没有将之“毁尸灭迹”，这些小东小西便陆续被儿子翻出来作为玩具。五六岁之后，更是选出一两样他感兴趣的让我示奏给他看。在我把郑钧的《灰姑娘》前奏记在纸上并告诉他音阶之后的一个星期，发现他已经把葫芦丝的音阶摸熟了。再过一个星期，他已经能吹一首完整的曲子了。

直到有一天，妻子告诉我说，这两天蛋蛋（儿子小名）在床下翻找你以前那个小鼓机，好像很感兴趣，你有空找出来给他敲敲呗。当时我心里真的是咯噔一下——震惊！儿子找鼓来敲我不震惊，而是震惊于他妈妈——当初无怨无悔地支持孩子他爸搞音乐，现在还在无怨无悔地支持他搞摄影，竟然又要依孩子的兴趣让他再玩音乐！从来无所求，也无所得。这位艺术的被动受害者，真是比搞艺术的人还坚韧，我算是服了。

妻子的坚定表情迅速说服了我。我说，不要敲小鼓机了，我们直接上街去，给他买一台电鼓！

真是久违的冲动，跟年少时对每一件乐器的着迷与期盼一样，还是那般激动。以前我也是架子鼓爱好者，在乐队时也很痴迷钻研节奏。在老家的时候我还从朋友手中花三百块买过一套旧的架子鼓练过两年。以前也想过，将来如果有条件，能买一台鼓放在家里打该多好啊。现在终于有鼓了，电的，可以控制音量所以也不会扰民，我也可以带着孩子一起玩。

我是认真的，想让他练就练好。陪着他从基本功练起，上各种网上论坛找资料、翻墙去看国外鼓手的教学视频、打印找来的谱子，点点滴滴，倒也效果显著。现代科技太发达了，好老师可以立即出现在你谱架上的 iPad 里，手把手地慢慢教会你。

小朋友学东西还是快的，不像我，胳膊腿不是老了就是有几十年的惯性了。看着他能打的曲子越来越多，特别是当我们把喜欢的新歌演奏出来，都很有成就感。朋友们都说，孩子还是遗传了你搞音乐的基因，我总是苦笑一下。

当我们不依赖一样事物的时候，对它没有攫取心，更不会有什么吃饭的压力，便可以接受它和缓的滋养。有人说，没有一样好东西不包括音乐。也有人说，音乐是人类有灵魂的证据。音乐无错，孩子无错，我没有因自己的好恶剥夺他的爱。一声慨叹，我还是把他带进了音乐的世界。

有朋友问我，你不让孩子学摄影吗？我觉得将来他如果喜欢摄影，一定是在他认知了这个世界，迫切需要用摄影与这个世界连接时，他自然会抓起相机。不宜再用吃饭、谋生这些概念加在下一代身上。就像我的现在，用手中的相机跟这个世界连接、吐纳，以前用音乐我没有做到的分享和对话，现在可以用影像做到。拜自然所赐，我又能与孩子分享音乐，这又何尝不是一种有声有色的生活呢？不为什么，只为喜欢和曾经喜欢。有多少爱可以重来啊！至此，这个事情算是终于想通了，陪伴和鼓励，就是我能给他的精神财富了。儿子也问过我："爸爸你后来怎么不搞音乐了呢？"我说："爸爸没有坚持，爸爸现在后悔了，我觉得还有时间，爸爸要跟你一起不再离开它。"

我也不止一次地想，如果我早十年搞摄影，现在会是什么样子？如果我没有搞摄影，继续搞了十年音乐，又会是什么样子呢？当然这些问题现在已经没有答案。但是，在有音乐的日子里继续搞摄影会是什么样子？这个将来一定有答案。

或许，我也会成为一个优秀的鼓手呢……

呜呼，音乐！

张二相机店

器材城里的人间烟火

郑州西里路，是摄影器材店聚集的一条街。其中一家门面不怎么起眼的二手相机店，是郑州乃至河南摄影圈的朋友常去的地方，也是我每到郑州就会常待的地方。店主张二，本名张永生，长我两岁，我随大家一样，称他二哥。二哥也是我刚到郑州就认识的朋友，是个靠谱的好人。店的正式名字我一直记不住，二哥的名片上盖了一个方戳，只写着：张二的店。当地摄影的朋友互相打电话的时候，问“下午你在哪？”，答“我去二哥店里”或者说“我在西里路”指的都是这一个地方。

二哥的店就是租的一间门面房，进门右侧有几尺玻璃柜台，墙上的玻璃柜里放着些二手镜头和机身。也有一点延伸物品，比如几块老的手表和望远镜。二哥似乎始终无意将销售阵势扩大化，店里的大部分面积还是空着。摆了一张桌子，上摆一台二手电脑，椅子比较多，来的人可以流水席一样在那喝茶谈笑。绝大多数都是艺术男，因此常常半天下来，桌上地上搞得乱糟糟的。二哥也不管，总是到傍晚下班时才去收拾一下。艺术家、策展人、教摄影的老师、商业摄影师、老中青摄影发烧友都是这里的常客。我们曾笑称这里是郑州的 798 艺术区。这个不怎么起眼的小店，正是郑州影友集散地、邮件中转站、信息交流中心……

河南实在是摄影大省，从往来宾客上看，张二相机店又实在是个大店。郑州的摄影师李宇宁、孙彦初、陈卓、牛建海、蓝普生等都是常客，开封的田野和焦作的慕容拖鞋到省城时也常来此落脚。

二哥也是位摄影师，非常关心艺术，很有思辨思想。做着器材生意，自然也是设备行家。身边朋友也或多或少在他这倒腾过器材，着实方便。二哥是河南道口人，那里烧鸡很有名，他在郑州还有一个道口烧鸡店，主要交给妻子打理。他的一双儿女也都已长大，他的压力正处在最吃紧的时期。他以一种顺其自然的方式对待着他的生意，店里人才济济高谈阔论的时候，二哥仿佛更开心。用他的话说，他是“卖烧鸡中拍照拍得最好的，拍照的人中烧鸡做得最好的”。只是店里不论生意好坏，每天总得开门，顽强地跨界经营，搞得没有多少时间去拍照，这是他一个长期的苦恼。有时候我去了，他也会豁出去，把店交给朋友代看，开着他的破车跟我们出去疯狂拍两天照片。店里真来了不错的生意，他也会心神不宁，纠结着是不是回去，他说：“艺术要搞，商务也要搞啊。”

没事就溜达去西里路待着，几乎成了大家一种下意识的安排。常客们延续着常态，人多的时候抽烟、喝茶、聊天，聊不聊摄影都不重要，重要的是到这里总会非常欢乐。比如，有人在绘声绘色描述："那天老牛和老蓝抬杠了，还吵起来了……"这时候，刚巧老牛进门了，话题突然收住的尴尬引发一阵哄笑。这个话题在下一次就变为："那谁当时正在说老牛，老牛刚好进门来！"又成为下一拨人的笑谈。

外出拍照的人回来，或来扫描照片的人也可在店里与众人看照片、交流，假意恭维或真心贬损皆可，气氛绝对轻松。来顾客了，谁都可以帮着招呼一声，俨然一位正老板之外还有好几个副的。二哥有事外出，就真的让朋友帮着看店，临时老板都会很上心。在那儿玩闹的人，还都是巴望着二哥生意好的，就像自己的生意。这个地点要持续好好地存在，好比没有同福客栈，就没了大家的《武林外传》。可能是搞摄影这种事太个人了，就像出去拍照一样，总是一个人行走实在寡趣，大家时常也是需要在一起聚集、抱团、抚慰乃至是相互壮胆的。

最常去相机店的人，要数蓝普生了。老蓝是个知识渊博的胖子，喜欢反传统、反经验的艺术，包括摄影。自己平时脖子上挂个小相机走到哪儿拍到哪儿，只要在郑州，他几乎天天骑个自行车去张二相机店玩。自从他发现了微博这种东西，立即就成了不折不扣的微博控。一到店里，就霸占那台二手电脑，屁股像生了根一般不再动弹，一直刷屏到黄昏。大伙都笑话他，每天跑到相机店来上班，却是给新浪打工。蓝普生常会带大包的零食去店里，花生糖、瓜子之类的，扔在桌子上大家一起吃。依我看，那像是为他的微博持久战而备的干粮。有次我到郑州，发现老蓝还把他的电烤锅带去了，晚饭时几个人就在摆满相机镜头的玻璃柜台上烤起了肉吃！一时间烟气升腾，香味四溢，好不欢乐。一片恍惚间，我第一次觉得摄影竟然可以离“人间烟火”这么近。

他们对抗了失忆

两年前，二哥骑自行车摔断了腿，这是一件震动朋友圈的大事。他在医院做接骨手术、住院期间，平时常来店里的朋友轮流往医院跑。出院后，因为行动仍不方便，二哥就在店里摆了一张床，平时住在那里。朋友们更是没早没晚地往店里跑。帮忙、陪护，直到二哥从坐轮椅到拄拐，再到丢掉双拐，“门客”数也未见减少。二哥有一次感慨地跟我说：“遭遇这个事情，我甚至一点也不难过，因为我真正感受到了朋友这个词的分量。”

后来，我也是在张二相机店，听说了河南老摄影家赵震海的事情。

赵震海是著名的纪实摄影家，当过文艺兵、报社记者、大学老师等，而从前些年开始，被重度阿尔茨海默症缠身，生活不能自理。赵老师是个很刚正的性情中人，拍摄过中原地区的时代百态，成为一代摄影人的记忆，是非常令人敬重的前辈。而这些年里，因为越来越严重的失忆，他不仅不能再拿起相机拍照，生活也陷入越来越艰难的境地。在他患病后的两年里，很多人曾努力为其恢复社保、医保待遇，均告失败。赵震海和老伴都没有生活来源，靠低保和一些朋友帮助售卖其早年的摄影作品勉强维持基本的衣食住行。很多次在相机店里听大家讨论、想办法帮助赵老师，二哥以及当地业内外人士，包括很年轻的晚辈也一直为此奔忙。他们跑相关部门、上网发帖，呼吁解决困难、寻求支援。

赵老师以前用的胶片盒子在家中也都成了药罐，往年很多的人和事，已经因失忆症渐渐从他的脑中消失。二哥说，他前两年到赵老师家，翻开他以前拍的那些黑白照片时，赵老师还会忆起当时的情境，突然很精神地说上一段。而后来，再把那些照片翻给他看，询问那些作品背后的故事时，他只会说："对，这些都是我拍的。"除此之外，再无任何的记忆了……

几十年来，一位摄影师曾坚定地走过那么多的路，赤诚面对过这块土地上那么多的人和事，而现今，他已像一位迷路的老人，只能勉强完成对自己曾经身份的指认。

每次在一起说到这个事，大家的神色都是焦急凝重的。我知道，所有人感慨之余，虽不想说出"赵老师的今天或许就是自己的明天"这样的危言，但面对一位曾给我们提供记忆的老人，所有的兄弟都会做到以摄影之名、以记忆之名所能坚持做到的一切。前不久，在众多业内外热心人士的发起与操持下，赵震海作品义售活动成功举办，受到广泛关注和支持。几天内一百幅作品被订购，所得款项用于赵老师的医疗与生活。家里连暖气都没有的赵老师在这个冬天真真切切收到了源于摄影的温暖。

二哥是第一个说我有“焦虑症”的人，虽然我也不怎么承认，但是凡事担心、务求周全的习惯肯定是一个长期出门的人的后遗症，总想让诸多事能准确靠谱，像一张拉满弦的弓，时常觉得要绷断了。我也多想能像二哥那样，在面对巨大的生活繁务与压力时，能做到轻松踏实。但谈何容易啊，我尽量改吧。

陈卓说，自己曾有机会去其他城市发展，但一想到这里有一圈这样的朋友，就总是不想走。我经常一到郑州，就直奔张二相机店而去，每次离开时也从那儿出发。在那里，我有莫名的踏实，也从来不焦虑。这些年来，我是把自己的精神包在一个自我的壳里的，把很多来自他人的温度隔在外面，甚至忽略了那些最善意友好的面孔和眼神的温度。

张二相机店不是一个摄影主题茶馆，同道中人感受着“常相见”的岁月静好，也在摄影这根本不知通向何方的道上拼车赶路、互相照应、坐稳扶好。或许摄影要干的一切事就是对抗失忆，给人安慰。在这里我晓得了人活着可以不拘谨、不焦虑，不一定要有壮志，但需要有足够豪情。

但愿在按与不按快门的每一天，朋友与摄影都不会离我们太远。

恩典

时间与结局，
都不能影响我们爱你。

基因的故事

我们都上了当

你见过黑人拉二胡吗?

呃……似乎难以想象。那，你确定我们弹奏的那段布鲁斯、爵士乐就有把握能勾起黑兄弟的乡愁?

以前在玩乐队的那些年，时常会有类似的对话和感慨。很多精于琴技的乐手，他们会去“攻打”布鲁斯、爵士。这固然是好的，那是西方现代音乐的根，更是摇滚乐的源头。也有一次，我在深圳向一位朋友借了一批爵士乐磁带，他在眉飞色舞向我描述了音乐大师的厉害之后，把盒带交与我手上的同时盯着我的眼睛怅然说道:“听一听，知道它们的好就行了，可千万别陷进去太深。”当时我是不解的，也是不服的。后来才渐渐明白，这跟知识、勤奋什么的关系不太大。

电视上也看到过一些老外在武当山学习太极多年，打起拳来还是有些直胳膊直腿，全然不像中国人那般有绵中带韧的劲儿，这是什么原因造成的呢？上帝给我们的骨头中、血液里注了什么？一方水土养一方人，看来这话真的很对。如果细说，我们自小听的水声、鸟叫，吃的饭菜的甜咸软硬，看到的雾色、月光，雨水的丰歉，还有我们脸上感受到季风吹来的方向，等等，这些无不是造就我们基因的点滴，也是造就我们的艺术和艺术品味的点滴。

十多年前，我还在做记者的时候，有一次去中山大学人类学系采访，那次采访令我难忘，内容大概是关于南方发掘出的一个七千年前的古墓。考古单位在发掘古墓后，除把墓葬中的各种器物带走研究之外，通常会把墓主骸骨交由人类学者进行研究。那天是去中大的李法军博士的工作室采访，一到就见他正和学生用钩针、油画笔、镊子、小水枪清洗古人骨，再将人骨碎片用胶水拼合起来，最后通过分析，从中获得种种古人类信息。记得我和文字记者与李博士打招呼寒暄之后，李博士就盯着我的脸打量，不经意似的说："我猜你是安徽那边的人吧，蚌埠？""啊？太准了吧！"我着实惊异，因为我平时是个很不信"邪"的人。我脸上写着安徽还是蚌埠？怎么看出来的呢？李博士却很坦然，说不是肯定能猜对，但总有个大概方向。我脸上肯定有信息，被他积累的数据给撞上了。那天下午我很好奇地看他工作，也问了很多。在说到我们的长相遗传、我们努力存钱留给下一代的人、我们在过年时玩了命往家赶之类的事时，正低着头进行"人骨拼图"的李博士淡淡却又坚定地说："基因！我们都上当了，我们都上了基因的当。"

那次之后，我开始很信基因。这个牵着我们往前走，渗透进我们的相貌、骨头里的家伙，不敢说是坏还是好，就是觉得认识到它后，对一些事的理解就不再头疼了。

还有一次，百事可乐在广州搞活动，郭富城作为代言的明星到场，我跟他有个面对面的采访。记得到最后时，我问了个很讨好主办方的问题："你给他们代言了这么多年，想必也是很有感情了吧？"这时，郭富城腾地站起来，把衣袖撸起，指着手臂血管狠狠地说："介（这）里面，全都细（是）百细（事）可乐！"

……

可乐是不可能在后来打进血管里去的。倒是"受人钱财"、"知恩图报"的义气乃是咱们中华儿女骨子里固有的。郭氏对广告老东家的情分溢于言表、天地可鉴！更像是打了鸡血一般，着实惊到了我。

谁是对手

前年，一位老太太从古巴来到广东台山祭祖。她叫何秋兰，并不是华人，而是在古巴的西班牙后裔，此前也未曾到过广东台山。

这是怎么回事呢？

故事是这样的：大约在 1930 年的古巴，西班牙裔女子何秋兰出生刚满月，亲生父亲就去世了，她被当地一位叫方标的华侨收养。方标先生来自广东台山，一直教何秋兰讲台山话，学汉字。何秋兰四岁时就开始学唱粤剧，八岁登台，越唱越好、越来越红，人也越长越美。常年在古巴有华人的地方演出，颇受当地华侨的喜爱和爱护，这位貌美如花的白人姑娘成了千万里之外的很有名气的粤剧传人。古巴革命后，剧团关闭，不能再唱戏了，何秋兰的生活遂变得十分潦倒。近年，摄影家刘博智先生于古巴发现了年华老去的何秋兰，披露了她的故事，并帮助这位洋血统的粤剧老太太回广东台山祭祖。

在一些热心人士的陪同下，何秋兰终于来到了台山方氏墓地祭拜。令在场的人们没有想到的是：何老太太突然在墓前着上戏装，唱将起来。如泣如诉，在场人士无不动容。

终于，这个时刻到来，她来到了这个地点。这是一场没有血亲但饱含对抚育亲情和文化滋养的拜谢，这位外籍老人终于在这个地点，用曾经让自己安身立命的行头和语言宣示了自己的血统。

后来我在网上看到翻拍的何秋兰手抄的粤曲名段《星殒五羊城》唱本，唱词是中文并加上一些西班牙语的注音。唱本上写的是这样的词句：

真系雪样聪明花样命，

一朝魂断返蓬瀛。

空留得歌海芳名至今犹盛，
今日曲终人已杳，
唯余江上数峰青。

一个基因轮转的故事，竟然走了千万里，竟然用了一辈子。

我不知道何女士在成长过程中属于西班牙的基因留存有多少，但她从极小时候开始受到的广东文化的浸染，活活给我们提供了一个基因改造的特例。我们常常在电视上看到那些自小在国外长大的“香蕉人”青年，他们的言谈举止也都与西人无异。这都说明，基因不是肤色、人种的事，而是人在出生以后被环境裹挟、浸染，经历各种你情愿或不情愿的人世流转。通俗地说，你在什么基因的酱缸里待过，你就被染上什么味。搞艺术的人，作品里也会有你的基因。就像那唱腔里、唱本上，满满都是。

在网上看到朋友转述这个故事后，我当时就伤心了。于是这样留言：

我们是基因的俘虏、体制的败将，最终也都不是时间的对手。

给我一枚雌萝莉

一个人的谍战

以前，我有一个让不少朋友很无语的爱好，就是爱看谍战片、抗战剧。最初是受几部比较不错的片子吸引，觉得既有情节，又有些“民国范儿”的情境可供怀旧。娱乐是安全的代入体验，可以悬起心重回那胜负未分的年代，重新捏起一把汗，再跟着时代命运赌一次输赢。后来这类剧不断上演，我仍不停地追着看。看着看着，那些在几乎相同的影视城拍的类似模式的故事、重复的演员面孔弄得我连片名、人名、情节都会搞混淆，乱成一锅粥，因此逐渐厌烦了这一个人的抗战。

在有些谍战片中会有一点“民国范儿”的影子，但基本不多。有审美标准的剧组和演员才会做得讲究一些，有民国的趣味、风尚、美感，把观众代入基本情境还是可以的。我曾在南京“总统府”参观，那个时期经济虽不发达，但好东西还是有的，桌椅、皮箱、衣帽等的讲究的做工还是让人喜欢。我还特意在网上找过那种绿玻璃罩台灯，竟然就叫“谍战台灯”，只需几十元的价格，想买，又怕被那样的灯照耀着的人生会更悬疑不定。想必那灯身已不是黄铜的了，不禁又对现代产业化的发达感到悲哀。更遗憾的是，就算摆设外观做得像，那些演员的对白和眼神都实在是太开化、太现代了，再难有那个时代的气质，而像穿着旧时代衣服的新时期都市情感剧。类型化的表演虽然俗，但好处是看时不用动脑筋，当作解闷吧。后来我在看谍战剧时总是手拿一副鼓棒，在橡胶垫上边敲击练手边看，还算不浪费时间。觉得剧差一点也是可以原谅的，就当它给我练打鼓提供了一个有着简单爱恨情仇的节奏背景。

在相机制造业里，国外有许多经典传奇屹立不倒，数十年潇洒地领受着几代人的口碑和膜拜。诸多美文也一直持续着对它们的颂扬。诸如，“此款相机是公司竞争白热化的年代不计成本的产物”“如果这世界上有两种事物能体现柔滑感受，那么一是海浪，二是此款相机的过片扳手”。这些“好东西”总能让使用者中毒倒地，产生“我必须拥有”的决心，甚至在拥有之后产生“何德何能”的羞愧感。要有对专业的尊敬，并舍得花心思和材料，做出极限级产品，才能换得口碑、赢得尊敬。

利润最大化，已经成为国人制造天经地义的信条。塑料与瓷砖之类的东西被发明出来后，最大的受害国应该就是本国了。比如你买个塑料小板凳，塑料之薄令人心寒，几乎让你不敢落座。还有那些翻修的古城古镇，用墙体瓷砖遮掩劣质建筑，真是欲盖弥彰，丑到让人伤心。我住过不少旅馆，洗手间里提供的牙刷往往也是“极品”：那牙刷的柄薄得像纸片，捏在手里就是弯的。一刷，还能掉上一嘴毛。两种不同的制造理念分列两极：一种是豁出去，一种是省到死；一种是誓要抓住回头客，另一种是对陌生人绝情万分，哪怕他是上门的顾客。

不是我们做不出好东西，是不再情愿。因为，我们把心里的模板跑丢了。

最让我受不了的，是在那些漫长的旅途中，打开旅馆的电视机，差不多每个台里蹦出来的女八路、新四军女战士都是长长弯弯的睫毛，唇膏又红又水润，有的还隐约染了发，绝不会落后当代一丝一毫，就差嘟嘴剪刀手了。以前只知道在敌人单位上班的女特务是可以明目张胆地妖媚的，因为那样是坏相，是堕落相，欠收拾。革命女兵当年如果真是这个样子的，那些莽汉战友们怎么会吃得消呢？简直让革命的难度活活翻了几倍。演员只想着把自己最美的一面给观众看，真正的角色被都抛到九霄云外，他们在经受严刑拷打后发型也不会乱，只顾脸而不讲道理。演员就是要表现人物不是吗？为了维持着自己的“形象”而置角色于不顾，弄出一堆“抗战芭比”、“萝莉政委”、“樱桃小战士”来，实在不知道是谁批准她“入伍”的。

作品中嵌入时代性可以理解，但总不应丢弃了基本的真实与讲究，总不能把端庄打扮成妖冶，把苦难化妆成骄奢。我想，真实的敌军中可能也有朴素的面容，革命队伍中也有清丽的面孔，本以为随着艺术的发展，她们会被呈现得更客观、更人性，不料双方竟然达成了共识，一举统一为萝莉。

目光聚集的地方，金钱必将追随。眼球经济为王的明星产业已毫无廉耻地绑架大众直奔真正艺术的反方向而去。粉丝们不因偶像有真正的演技、实力而拥戴他，那也是一个愿打一个愿挨的事。卖萌，是因为有人买萌。等到他们与偶像一起容颜老去，才能明白彼此。虚假可以明目张胆地出来卖媚态，如古玩市场里公开叫卖赝品，这是许多行业共同的病，病得不轻。在这讲“范儿”而不讲“内核”的时代，你原谅着它的虚假，它蒙蔽着你的内心，就在这种愿打愿挨的互相迎合中，艺术不由分说地走向堕落。

看得来气时，我就把声音关掉，或者不停地快进快进。直到结束时，发现矫情也总能完胜。只剩下我一个人老老实实回到此时此地的现实中来，回到眼前两条木棍的反复啪啪抽打。

我们所遗失的

在“造假如假”的年代剧里找怀旧感觉，已是可怜。更悲催的是见过太多“古迹”的简介牌上最后写着一句“‘文革’后重修”，甚至不用看就知道不会是原物。对于那些“修旧如旧”的亭台馆舍，我心里这样想：不管是新是旧了，哪怕它的原位置确在此处，我都会感怀地在那儿多坐上一会儿了。

有一年报社要做“非物质文化遗产”的专题，派我在春节期间去潮汕地区拍摄关于潮剧的内容。那段时间几乎每村都搭台请戏班唱戏祭祖，是了解戏剧在民间生存的一个好机会，我很乐意地投入到了台前台后的拍摄。可是，很快我就发现，不少戏班竟然是播放影碟的同时在台上假唱！演员们为了省力气，化好妆在台上比画着，对着口型，竟然也可以在那儿扶危济困、伸张正义，直至花好月圆。请注意，这连卡拉 OK 都不是啊，是戏曲假唱。花钱请戏班来唱戏的东家应该不会不知道，却对徒有其表的假东西表现出惊人的容忍，并为之买单。

据说，意大利全国的文物如果都拿出去做世界巡展一年，够整个国家的人吃上五十年。我们所损失的，可能不知道有几个意大利了，也不只是钱的问题，那是原本属于我们的无价的对真实的自信。这些东西，就像文化里的钙，它流失过，流失着，到没有了的时候，真不知道吃什么才可以补。那些古旧之物，不是因留存难度才显示它们的价值，而是以前的人们以物的形式留给我们的精神光泽。经过浩劫留存下来的，莫再去拆它们的迁、嫁它们的接、镀它们的金。我们的文明很念旧、很讲自由、很讲诗意、很讲浪漫。事到如今，文明可能真的很脆弱，脆弱到我们只求它能有基本的真实，除了它们，我们可能真的没有什么可以依恋的家乡。

遗忘者争相签下他们的名字，宣布了古典的迟暮。

——《土地庙美人图》 吴堡

以前，我们也曾经自信地用建筑、音乐、戏剧、诗酒展露我们精神的优良质地，所以那是潇洒大气的时代。当我们不自信时，时代就变得小了，自然会干出遮蔽、矫饰的事来，甚至干脆乐于以假乱真。我们会去夸赞浓妆艳抹，原谅对虚荣的崇尚，甚至可以让底线触碰善恶真假。

善男信女们在素食馆里开心地吃着长着“荤相”的素菜，大啖“五花肉”和“鸡腿”，在开大荤的吃相下，请不要告诉我你长着一颗修行的心。当我们的肉体沦陷时，精神的修行也只能变成一厢情愿。欲盖弥彰在这里得到了最好的例证，自欺和互欺竟然也可以那么愉快，只要我们继续假装不知道。

萝莉，也已经从影视剧中走出来。生活中随处可见各种老中青萝莉，她们的自拍照都磨皮、嘟嘴，好赖美丑难分不说，甚至难以辨其雄雌！

真是苦了饮食男女！如此下去，我们对所谓质地的判别将只剩下了“真假”。当光棍男的面前又突然来了一位萝莉，任凭那长长弯弯的睫毛如何忽闪，光棍男也必须打起谍战片中才有的警觉。在作罢了一系列关于身份、年龄的猜疑后，我猜最后他也只能剩下一个至关重要的念想——给我一枚雌萝莉。

我爱这哭不出来的浪漫

拙是欢乐的关键

河南淮阳，每年农历二月二有一个巨大无比的庙会，庙会的主场是伏羲太昊陵和门前广场，会持续一个月，人山人海。最近几年每到这个时候我都会前去，感受那里的气势和神奇。如果说三峡一带不出两公里就有神人出没，那么二月二的淮阳庙会上就能把距离单位“公里”改成“米”，可以说是“一地神人”。四面八方来此祭拜的人中，很多装扮和表现都相当奇异，他们白天就在广场上驻扎，摆摊设点有唱有跳，引得众多人围观。我实在喜欢那个地方，总是提前几天到，在那儿晃荡，常在那儿一待一天。我们称伏羲为人文始祖、人王、人祖，他创立阴阳八卦、结绳为网教人渔猎、始造文字、创造乐器……想想这些丰功伟绩，后世粉丝们对他的膜拜方式再怎么神奇怪诞，我也不敢报以讪笑了。这是一种朝圣，可能正是奔放和充满想象力的神奇构成了我们智慧和文化的源头和生命力。

头一次去淮阳时，我拍到了两位扮成仙鹤参加巡游表演的老衣。乳白色的毛毡布做的连体衣服，背后还有两片树叶形的小翅膀，看上去更像两个孩童；帽顶高高升起的有弹性的脖子连着鹤头，好像每一次颤颤的抖动都可以作为它是活物的证据；他们那裤腿下的旧旧的黑皮鞋，就显得有些草率了，让人感觉浑身的仙气在最根基处缺了一点讲究，漏了些气。我们知道，鹤的意象在中国古代的绘画中很常见，但是如此身体力行地穿着鹤衣出现，实在是既萌又荒诞，很有超现实之感，真不知道出自他们村里哪一位有爱的巧妇之手。我想，在民间，他们就是这文化的主人，就住在文化的身体里。这正是我个人比较喜欢的传统文化方面的关注。这两位老汉的这身行头，真是又巧又拙，“巧”代表了艺术的水准，“拙”是欢乐的关键。

古人说“性有巧拙，可以伏藏”。我们的艺术也会“显拙藏巧”或“大巧若拙”，它们像阴阳八卦一样，交叉变幻。我一直觉得我在做的，就是一种“拙事”，执拗地拿着老相机和黑白胶卷奔跑于各地，只是在寻找日渐稀少的一点点美好的感念。我无法像国外摄影师那样，来拍“隔岸观火”式的中国现实风景，因为那样并不能让我的原乡情怀落到实处。作为国人一分子，作为职业摄影师，对中国的感悟归根结底有优势。少小以来一切所学所想，所有能称得上技艺与情怀的东西，需要一个自然而然的出口。我们的历史和文化是、也只能是我们做艺术的武器。不过，我在数年的游历中发现，潜行在大国血脉中的沉默的优美、坚韧的放达、苦楚的浪漫，虽然

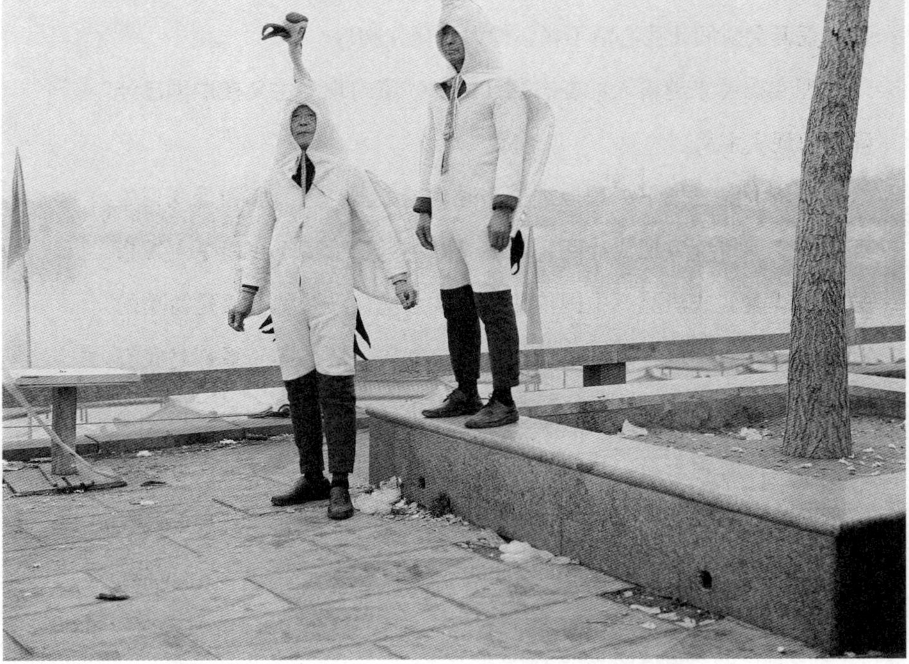

以拙拙的姿态，惊艳地站立在这个荒谬的时代。

——《双鹤人》 淮阳

是点滴的却又是明确的。那些贯通古今的人情、场景仍在不经意间与我的心境暗合，它们朴实的美好，给了我作为一个大国小民的非物质的幸福感，我也希望自己能是这种人文气息的领会者和延续者，而不是很多人误以为的观察者和记录者。更多时候，我并不为没有拍成什么照片懊恼，而这些叫作气息、气韵的东西显现的尴尬、局促、荒诞会瞬间让我心情不畅，像大石压住胸口。

现实以越来越雷人的姿态翻江倒海，魔幻现实主义在中国已经降格为现实主义。

经济大潮裹挟下，跌撞进这个时代的大国，人、事和景观到处都在剧变。传统为现代让路，太多美好场景、情境正在以令人发指的速度被改变或消除。中国传统的人文意境，涉及的不仅是简单的审美问题，它还包含人的精神、智慧、气质、情怀等一系列对我们的现在和未来都不可丢弃的价值。它们正是在被忽略和被压挤之下才呈现出荒诞和不易。我的好友，兰州摄影师刘劲勋总是在看了我的照片抛出一句“严妖”，我也挺乐意他这么说，我觉得这种调调就是古典与现实荒诞的东西撞击生成的，我喜欢这种撞击，早已成瘾。

荒诞是现实的呻吟声

“时尚是年轻的古典，古典是永远的时尚。”

人们手持着外来高科技产品，领受便捷、新鲜、时尚的资讯的刺激，加入到消费主义的全民狂欢，更新、升级、优化是我们对未来生活的浓情渴盼，而不知不觉与我们自己含蓄的、风骨的、节制的、智慧的一切作着了断。经济轴心飞速运转，巨大的离心力让那些在我们的栖息之所与我们相伴千年、滋养过、温暖过我们的东西向四面甩开，飞散。社会忙不迭地背弃过去、建构无法降解的新面孔，再也不在意可以保留多少能让我们记得住的乡愁。

近些年，收藏业兴盛，大家都喜欢老物件、旧东西。我也常因为一些庙宇太新而不太想进去看，虽然也知道，佛在于灵验与否，又不在于新旧。但是，我们面对被毁坏、中断过的东西，当它重新回来时总会选择怀疑。

我们在戏中常见到在寺庙里许愿的人，恳切地对菩萨说：若能保佑心愿达成，弟子定来还愿，一定“重修庙宇，再塑金身”！虽然是许愿，但从开出的支票来看，可能菩萨自己也是喜欢新装的，那我们何必坚持认为旧的好呢？可能菩萨也是实用主义，新衣辉煌又耐久，菩萨处理人间事务那么繁忙，是无暇怀旧的吧。同样有意思的是，香客在庙里捐了香油钱之后跪拜，值班人员会起身击磬或敲钟，同时说些祝祷的话，像是给百忙中的佛祖提醒：此人是交了钱的。没捐钱的我经常在旁边傻看着，想不明白。你看，纵然你心中笃信，在寻求庇佑的路上还是被别人用一点小钱活活抄了近道。

钱能绑定好多事，竟然包括内心的事。各地行走，我也惊奇地发现，在很多地方寺庙已经被私人承包，自负盈亏。猜想喜新厌旧、见利忘义，都不是菩萨的本意，一定是我们的心上蒙上灰尘。

有道是，衣不如新，人不如故。

有一年我来到河南滑县的老炉殿，远远看到其中的一间殿内供奉着四位威武庄严的大神：关公、药王、财神、二郎神。哪知走近细看，发现它们只是贴在墙壁上的户外广告喷绘画布。这还不算完，更令我无语的是二郎神的画像竟然是直接取材于网络游戏里的造型，并且图片原文件不够大，线条边缘还出现了锯齿。这样也能祭拜！看得出画已经旧了，似乎几位大神已经在这儿上班挺长时间了。这又让我想起早前在重庆长寿县江边见到的王爷庙，当时已破败不堪，只剩个空房子，屋顶还是漏的。进门就看见两个老太太对着一面墙在念经，墙上是她们自己画的三幅极简单的头像。而那作为神仙被祭拜的人物头像，我敢打赌，你一眼就能认出来，它们是天线宝宝。

老炉殿和王爷庙，像是精神灾害时期搭建的临时抗灾帐篷，只希望他们的为难能感天动地，引来投资善款，请来真神入驻，还原佛法庄严。庙和神像从新旧问题，降格到有无问题，从威严跌落为荒诞。能看到这种荒诞，我几乎是要庆幸的了，毕竟还有在相信的心，毕竟那些心上还有一层善念的包浆。

荒诞是现实的呻吟声，一直提醒我们，痛在哪里。

我决定认命

重庆的大佛寺，寺外新平整的土地上飘来了一堵云一样的花墙，让我喜爱有加。我在一篇日记里这样写：古典和浪漫的情怀，分明还行在这片土地上，还飘在天空中，还流淌在那位决定这么干的工匠身上。

很多人看到这张照片会提出荒诞感这个词，是的，有荒诞感的，但它也是有浪漫的姿态的。我认为荒诞感也是现实的一部分，传统的去与留，变与不变的挣扎会通过荒诞感显现出来，它们也是这个时代的心电图，昭示着我们精神的挺拔与萎靡，隐忍与超脱。

内在基因遗落得过多，长相就会不再有特色。各地样貌趋同，是作为摄影师的我走了那么多地方最怕的事。如火如荼的上楼工程、造城运动在釜底抽薪般地慢慢毁了我的神游大梦。各个城市都变得越来越像：差不多的建筑、差不多的广场，挂着差不多的广告画的商城和街道，一切都让我常常忘记身在何处。哪怕是到很西部、很北方的城市，街上广告牌上的明星也是一样的，不断能见到他们在各地兜售着美酒与家私、西装和电动车。耳朵边飘来的流行金曲也是一样的，他们哭号着孤独但誓不落伍……这个世界真的被扯平了，很平很平。

建筑学者黄居正说过这样一个故事：他曾在瑞士蒙特卡罗索小

镇参观，一个由建筑师强力建议保留下来的由旧修道院改建而成的乡村咖啡馆让他流连忘返。“觉得自己不像是来自一个遥远的地方，好像在那住了很多年，有一种莫名其妙的舒适感。这种舒适感来自哪里呢？设计师给出了答案：我保留的不仅仅是建筑，而且是家乡。我们是谁？我们还知道自己是谁吗？其实我们不过是寄居在一个叫做中国的地方的一群失落身份的人而已。”

玩命地劳动，却没能让我们进化成更好的人；疯狂地做着生意，却没能让我们保住“本”。大家都在忙碌中灰头土脸，能维持内心的一块洁净的所在已是越来越奢侈的事了。这几年，就有好几个旧同事辞职跑去大理和丽江开客栈去了，不确定他们是想开了还是躲避什么，起码这是一种自救行为，与前一阶段的苦累人生告别，去到他们最喜欢的、最自然的状态中去了。如尹丽川所写，“看红楼梦长大，生一颗水浒的心，在三国纷飞的年代，独自去西游”。

“九万里悟道，终归诗酒田园。”田园，是我们这个基于农耕文明发展起来的国家的载体。诗、酒、歌、画都从中来，打动着我们并慰藉着后来的灵魂，它抹平了一切痛苦与不安，那应是荒诞发生前的样子。“此心安处是吾乡”，家乡不能只在诗酒歌画中，留住并延续残存的中国式的浪漫美好，是我心所愿。

我怜惜着那些活着不易的人们、那些存在不易的物们，陪伴着这个时代的所有不堪与失态。真的不想只当我们是去送葬，真的不

理想的功能不是卖钱，是它在实用主义无力的时候，延伸了我们的无言。

——《云墙》 重庆

想让后来人只能在我们的影像中游园惊梦。都说一代人做一代人的事情，而这就是我们的时代。与它相遇，不是缘分，是我们的命。

我决定认命。

因为，我爱这哭不出来的浪漫。

我们的审美不拐弯

“趴踢”的功能

花开富贵、前程似锦、松鹤延年、鹏程万里的镜框画，是以往乃至现在常出现在普通中国人家里头的。如果再加上个时钟、日历，那就更高级，功能性更佳。摄影作品被挂在家中墙上，常见的也是小清新或风光图片。这也是我住过那么多宾馆或家庭旅店里常见到的，也常想着要等到真正人文或艺术作品登堂入室，真是不知道还要过多少年。

滚滚兮财至、艳艳兮佳人。福、禄、寿、喜，这些既根本又直接的需求期盼，共同构成了中国人的精神沙龙。画面往往是直接意指，或者辅以文字昭示诉求，今年还出现了马背上摆放着钱物的造型，想“马上”得到那些好东西，真是一个审美不会拐弯的民族。

也有人举例说，教堂在国外就是忏悔的地方，中国的寺庙却是要买门票、还能花钱做法事破财消灾的地方。请回家的符、像，必须能让主人具有招财进宝、能生会养、多子多福、飞黄腾达、寿比南山、长生不老等这些漫无边界上不封顶的福祉。功能性，才是国人心中永远的供奉品和张贴物。

还有一例便是音乐。

全国各地大中小城市，包括县、镇，都能看到大妈们的广场舞。那真是民族风的海洋！革命红歌、西部情怀，到近年的凤凰传奇、江南 style，也不管原先的节奏、速度是什么样的，统统被改成舞曲、迪斯科，咚次咚次，咚次咚次……

在武汉江滩以及重庆的广场、码头，我都见过超大规模的广场舞。重庆人叫它“坝坝舞”，那阵势给我的视觉震撼，总让我站在旁边一直看，不想走。更多的是在公园或街边空地，或者是商场门前，大妈们用手推车或三轮车载来音响，并拖来电源。可早可晚，有跳到快中午的，或者是晚饭后直接加了夜场。

广场舞阵容排布是这样的：一般前面会有一个领舞兼教练，往往是一位身材还算姣好、风韵犹存的老美女。她的动作熟练、幅度到位，带领着强大的大妈方阵在嗨曲里左转右踢。与教练离得近的是积极分子，跳得也不赖。在队伍边上或后面的是初学者或性格稍内向者。个别初学的老太太通常在最后面的边角上，动作简化并且总会慢上半拍。我看广场舞不仅爱看领舞大美人怒放第二春的劲头，也不会错过边角上的老太太——她们的努力令人感动，像跟不上课程的差生硬是随着学霸一起奋力冲刺高考。

“什么样的节奏是最呀最摇摆？什么样的歌声才是最开怀？”

与肢体相伴的，是一张张平静的脸，不知道应该怎么形容，那表情不算是认真，也不算是享受，更不是炫技，就是一派自如的我跳故我在！

当我在一旁瞠目结舌地看着“坝坝舞”的海洋、想象着大伙被简单粗暴的节奏反复抽打的快感，我不知道是想替他们高兴还是想替自己哭。我进而想了，要是等到布鲁斯、爵士、放克那些真正的摇摆到来，等到切分音、附点音符、三连音的律动成为这里的背景音乐，乐观地估计……需要一百年！如果一百年不行，那就得千年以后了。相比之下，这些民族风的节奏只能算是“撞击”。是的，这个事，深深撞击了我。

重复就是力量，这力量也只能来自重复。

我甚至怀疑最初把“party”一词谐译成“趴踢”的人，是不是在看广场舞的时候受了启发。专家说：“广场舞是人们交流思想、抒发感情、强身健体、消除隔阂的最好形式之一”“在轻快的乐曲伴奏下翩翩起舞，人们的自我封闭意识会得到彻底的解脱”。

听到没有？我们也不是白“踢”的，它实在是功能多多，直至解脱。

街头的叹息

上世纪80年代有一首青春励志歌曲《为了寻求美》，“我们为了寻求美，排成一条队。美在花丛召唤你，能给你安慰”。有专家考证说，这首歌“科学地实践了学院派与街头文化的完美结合，广泛流行，雅俗共赏……”

“街头文化”？苍天啊，这是吗?！看看西方的街头文化是什么：街舞、篮球、滑板、说唱、涂鸦……很多是缔造和发展了艺术的类型并薪火传接，掀起一个又一个蔓延世界的文化运动。在西方作为现代流行文化策源地的“街头”，到了我们这里变成了实实在在的文化终点站、文艺敬老院。可叹我们的街头，只剩下城管指缝间幸存的地摊货了。

有趣的是我们还把一类摄影称作“街头摄影”，我也不赞同这种分类。如果有这种类型，那就应该有“客厅摄影”、“餐厅摄影”，到网上看看，拍猫拍菜的照片比我一辈子见过的街头照片还要多。我们之所以愿意拍照，无非想拍的时候就拍了，可以是街头也可以随时转弯离开街头。

2006年，我第一次到武汉。在出租车上，司机知道我是摄影师后兴致勃勃给我建议：“武汉很大，要看你想拍什么。要拍城市的和谐新面貌，就在武昌。”司机的语气很笃定，接着话锋一转：“如果，你想拍老居民区的街头市民丑态呢，就去汉口！”我无语了。作为本地人的司机，给外地摄影师指路确实心肠难得，只可惜在他心目中，我们的街头已经无甚拿得出手的文化，俨然只剩下丑态了。

中国人含蓄，能走出家门欢跳，已是不易，所以此事还是得一

审美的档次，是内心渴望和偶像水平的综合分数的五折。

——《小镇青年》 晋城

分为二地看。网上斥其占道、噪音扰民的也不少，结果总是抗议无效。他们的曲目中有《一万个舍不得》，还有《一万个对不起》，你服还是不服？

电视上，一位北京的舞蹈专家，兴奋地介绍他到贵州跟当地蓬勃开展的“百姓健康舞”活动做交流的盛况：“在讲座之后，成千上万的大爷大妈蜂拥过来，抢着要跟我握手、说话。他们都快哭了，他们抓我……”

北京的专家，想必是带来了审美认同，肯定了健身疗效，所以他们要去摸一下专家，以解相思之苦。只不过这相思，竟然也能以集体的形式直接爆发。

hello，铁蛋！

解套梦

“铁蛋”，我不知道是王远凌的小名还是外号。依我看，就算是小名，沿用到三十岁以后，也就演变成外号了。身边那些小老弟、小老妹以及网友们都这么叫，还衍生出其他版本：铁老师、铁总、蛋哥……

重庆、四川一代叫这个名字的不少。民间向来认为土气的名字不易引起鬼神的注意，好养活。此名亲切、轻快又具阳刚之气，显得生命力坚挺、强硬，也显然倾注了长辈对后代繁衍能力的朴素期许。

当年，就是在重庆的朝天门码头之上，我结识了王远凌。当时我们都在报社做摄影记者，苦逼干活之余都萌生了搞“个人创作”的心思，共同话题很多。自小在重庆长大的铁蛋是个很有灵气、很有幽默感的人，知识面也很广，我对重庆、四川的很多了解都是源自他。这座城市看着他长大，他也看着这座城市变得发达。关于重庆的城市发展，铁蛋给我讲的第一个故事是：小时候，重庆的一座十八层高楼竣工，成为最高建筑，震动了他幼小的心灵。于是与几个小伙伴商议星期天去登上那座高楼看看。铁蛋与小伙伴们一致认为：除了征服的决心，还应该带上铺盖。他们看大楼实在太高了，怕当天回不来。

我往来重庆、四川一带，铁蛋是最早的“袍哥”，给了我很多的帮助。也是缘于他，我才陆续认识了许多重庆的好朋友。那时候我们经常扯淡、探讨“摄影的担当与不担当”、“离得足够近还是离得不够远”、“拍照是为自己还是为别人”等现在看来也纠扯不清的问题。

王远凌当初向往徕卡相机，但钱不够，就跑到广州买了一台福伦达相机，买镜头的钱也不够了，就只买下了机身回去。后来他告诉我，回去的路上他不时地掏出那机身，按快门给自己的耳朵听。觉得那么清脆的当啷声是何等的入耳入心。很快，他还是没有满足福伦达的快门声，买了徕卡 M6。布质帘幕快门的“恍若无声”终于打败了当啷声。后来，徕卡被他在火车上弄丢。再后来还丢过富士 67 相机，随后再买了一台，又严重摔伤。这让我好生感慨：苍天啊，人家打一枪换一个地方，你总不能打一枪换一支枪吧，再有思辨精神的塞翁也经不起总是失马的折腾吧。

可能正是缘于双子座的丰富多变，铁蛋多了很多尝试和体验。其间他还买了一台二手的大画幅相机，拍了拆迁中的重庆十八梯居民区，还一举拿下连州摄影节头奖，并有外籍收藏家联系到他，要

嬉水的样式很多，要登临彼岸，我们免不了一场泅渡。

——《冬泳者》 重庆

购买他的作品。

媒体中有很多摄影师朋友是充满灵气的，堪称能工巧匠，王远凌就是其中的一位。最初我每到重庆，他在陪同我一起拍摄的过程中，常会接到单位同事络绎不绝的电话，叫他去采访，这让他很苦恼。不少摄影记者朋友，包括我自己都做过这样的尝试，就是在给公家干活之余，顺带拍一些“自己的照片”。我可以断定这是件很“扯”的事，一个人不能分裂成两个人看世界，其结果要么是把自己扯分裂了，要么是把世界呈现为两种面目。在专一、深入的路上我们尚且力不从心，再如此搞分裂，结果只会是害己或害人。世间恐怕根本就没有“不负如来不负卿”的双全之法。

王远凌的《十八梯》在那年连州摄影节之前已经拍完，当时我介绍他参加广州的南方纪实摄影展，结果又获了奖。来广州领奖，和策展人、评委们一起吃晚饭，吃了一半他就往飞机场跑，因为领导让他当天回去，第二天正常上班。我当时不在广州，但我曾建议他就此机会跟连州摄影节策展人沟通一下，能及早进行展览为好，可最后竟是为了赶飞机回去上班，连一点基本的交流都没做就跑了。后来我很纳闷地问他：你当天要是回不去，你们报纸就不办了吗？后来他自己也恨死了这件事。

“解套”是那段时间我们共同的酝酿，盼着及早结束“忙时种地，闲时从艺”的日子。

成为传奇

我与铁蛋终于都相继辞职了，终于可以想怎么拍就怎么拍，某某报摄影记者的名衔终于可以从我们参加的展览前言中去除，取而代之写上荣耀的“自由摄影师”。辞职后的几年里，我曾与他一起出去拍照或在外拍照期间遇到。继续交流、鼓励自不用说，各自都会不断遇到新问题和困扰，也相互咨询探讨。这期间，我也渐渐感觉到他隐约的窘困和慌张。

前年，他跟重庆几位搞摄影的小老弟合伙搞了个冲印照片的工作室，在一个旧工厂改建的艺术基地内租了一间房子，凑来各种设备，经过一番认认真真的折腾后开张。一共五人合伙，故而工作室取名“伍宝”，除了实现了自己冲洗彩色胶卷的愿望，还以较便宜的价格承接一些外来业务，不少外地的摄影师也把胶卷寄到重庆让他们冲洗。他们定期办一些讲座、展览，这期间铁蛋自己还在一个大学代了课。一时间五位活宝把重庆摄影圈搞得风生水起，艺术氛围好得一塌糊涂，还解决了部分人员的就业问题。

我对拍照之外的一切事都谨慎，这是我的一大毛病。当我发现铁蛋的“新事业”在让他的拍照时间变少，也曾问过他，既然有了解决冲卷问题的工作室，为什么不放手让别人搞，自己多点时间拍照去呢？他说，自己想在操办这个事的过程中锻炼一下自己做人做事的态度，改改自己丢三落四不太靠谱的毛病，等等。对此，我并无异议，踏实地成长和生活是一辈子的事，每一天的事。高居山头的评论家和在河对岸的画廊老板们未必能支招或乐意帮忙。或许你也根本不需要获得评论家首肯你的思想性，也可以不屑与画廊洽谈变卖自己的装饰性。可是生活要继续，我们总试图制造绝地求生的小概率事件，对抗这自生自灭的行业生态。可能，就在最疯狂投入创作的某个冬天，疲惫、困顿和忧伤一起袭来，而奖金和当年的某位收藏家恰恰没有及时再来。

经济独立，应该是除了富二代以外所有职业上的人需要考虑的事。我对铁蛋的忙碌包括未来可能的扩大再生产还是既有隐忧又觉得无奈的。不管是售卖作品还是做自己喜欢的相关事情，都是不被别人捏着蛋的自食其力，都是了不起的事。危巢之卵，每一颗卵都是忧伤的蛋。靠谱的人总爱说一句话：我是把鸡蛋分开装在不同篮子里的！小朋友在爬楼前都想到了带上铺盖。可是，一个艺术家的未来，并不是都按你的经济部署发展的；人有限的荷尔蒙在生命中也不是平均分布的，也不是按自己意愿分布的。我们无奈慨叹着“勤奋比不过天分，天分比不过大时代”的同时，又总想对理想主义加以挽留。就像冬至还没有到来时，一再劝人再忍一晚苦寒，岂不知第二天更是昼短夜长。

最近的一次交流中，铁蛋说，摄影现在看来是拉锯战、持久战。忙起来可能反而会让一切更为井井有条，良好的经济条件会让很多事情游刃有余。我问：是实现理想的路径变了还是理想的位置变了？答：路径与位置都有变化。与其放在别人手中，不如尝试牢牢地放在自己手心看着它长大。不过终极目标没有变。我再问：终极目标是什么？答：如你所说，成为传奇。

或许，铁蛋想走的，是一条先“见众生”而后才“见自己”的路，也没有错。占有生活的方式是很多的，无常即是有常。做个生活的艺术家，在生活中完成全部的修炼，可能才是生存的真正要义。但愿如《肖申克的救赎》里所说：“让你难过的事情，有一天，你一定会笑着说出来。”殊途同归，将来如果会师了，希望大家互相笑着致意：hello，传奇！

做颗坚硬的完卵

据科学家说：人类作为地球生物，最大的两个愿望是“飞翔”和“隐形”。这个结果怎么这么契合一个艺术家的心思？当理想主义的二踢脚遁入云霄，地上留有的，只是现实那柔弱的空壳和焦黄的残片。对于摄影，“死了都要爱”恐怕只能是情感的空头支票了，我们要的是现世的“宽宽的大道，足足的盘缠”。

如崔健所唱：“我的理想在那儿，我的身体在这儿。”我们抬头高谈理想和自我救赎，低头就要慌忙自我救助。张楚在《冷暖自知》里唱着我们“双腿夹着灵魂，赶路匆忙”。我们在忙于赶路时，还须不停地下意识地掀起衣襟，看看自己的灵魂是不是还在，有没有变灰，是否还是完卵，是否它还坚硬似铁。

“三分气在千般用，一时无常万事休。”中国的事，看来真是急不得。摄影不是必需品，更不是急需品。

路跑得多了，我也在各地认识了许多新朋友、新的铁蛋，越来越多的是更年轻的铁蛋。面对别人向我问计，我其实根本没有三天不吃饭而不饿的良方。我只能强作镇定，向他们免费派送我那根本不值钱的理想主义套药。并再三交代——“饭后服用”。

我们怕以卵击石、怕鸡飞蛋打、怕被杀鸡取卵，这都说明我们可能没有自己想象中的硬，也没有那么干净。在操蛋的过程中，偶尔还会想着让蛋舒服一点，操得不那么累。这样的蛋，慢慢地与普通蛋、众蛋还有什么区别呢？

我怕得是不是有理？

这操蛋的生活。

窦娥还冤不冤？

滚石之困

前几年，摄影界出现过“观念派”和“本体派”两派之争。

“观念派”自然是主张观念优先，认为态度和表达思想立意最为首要。“本体派”提出应重视作品本体材质，认为摄影的制作工艺本身就是摄影语言的重要组成部分，指出在主题、观念之外，作为照片材料的胶卷、相纸、药水以及照片表面体现的纹理、色调、质感甚至颗粒，都对摄影作品起着巨大的作用。

有一次我被拉去参加了一个研讨会，会是“本体派”召集的，主要讨论摄影作品的“材质”本身对摄影的重要作用。大家谈到，今天少数艺术家重新拾起传统的摄影制作工艺，在一定程度上是对摄影本体语言的一种追溯。通过艺术家的双手同相纸、药水之间的相互感应也可以让人了解这门艺术的内涵与尊严……

不说深沉乏味的理论话题，及早转入我在那次会上听到的一个有意思的举证：

“比如我很喜欢听戏，特别喜欢《窦娥冤》。起初去剧场看时，对窦娥的泣血冤情感同身受，自然是十分同情。于是，我经常去看这部戏，看了二十五遍之多。但我发现，这个时候窦娥还冤不冤，似乎已经不重要了，竟然被我忘却了。”

确实，我们并不是一直为主题消费艺术。

艺术只是载体，并不是冤案现场。戏说的苦难跟万恶的旧社会的苦难不是同一苦难，所以上面那个例证偷换了概念，狡黠地举了个戏剧的例子，想用艺术去证明艺术。

听戏人的意念不一定是跟着情节在走的。演员的唱、念、做、打，乐队的精彩伴奏都是我们要欣赏的内容。花旦的扮相、眼神、小腰身也时时刻刻在勾魂摄魄，很快就让坏看官们产生不洁幻想也是说不定的事。所以，绝大多数人不可能是抱着忆苦思甜的目的去看窦娥的，二十五遍才把冤情忘掉的人确实是迟钝了一点，可能是个搞摄影的吧。

一定有人会问，你是“观念派”还是“本体派”呢？我的回答是：我是具体派、画面派。质感、影调像人说话的腔调，对的腔调说出牛逼的话，才是厉害的。画面不行，观念像是放了空炮，那些被使用掉的胶卷、相纸、药水等材质，才叫冤呢。观念和本体的问题，不是分家，而是协同。

其实，我说这个话题并不是标榜兼顾、让两派和睦一家亲，自己做个欢乐的骑墙派，我想跟大家探讨一下墙外的更紧要的事。

我在做记者时，曾采访过台湾滚石唱片的经理陈勇志，印象深刻。我问他："以前滚石唱片鼎盛的时候，潘越云、罗大佑、李宗盛、齐秦……英豪齐聚，造就了伟大的民谣时代。可是后来民谣衰落了，R&B、电子音乐出来了，陶喆、周杰伦风头正劲，是不是民谣受到新音乐的冲击而……"

陈勇志的回答是："音乐行业的竞争不是唱片公司之间的互相残杀，不是不同音乐形态之间的竞争，问题是现在的娱乐形式太多，出现得太快。现在的年轻人有网络、游戏机，可以到电影院看大片，总之能让人们花时间、花钱消费的形态变多了。音乐要面对的竞争，其实是全部的它们。"

就这么简单，时代在变！有些问题明显得似乎不需要发现。这个采访已经过去十几年了，那个时候老滚石遇到的新问题其实还只是一个开端。那时我们刚开始感叹办公桌上多了个叫做电脑的东西，每天要那么多小时面对它。十多年后的现在，我们的生活更多变、交叉、综合。电子产品已经像我们"移动的器官"如影随形，一个又一个客户端争相把各种娱乐猛烈推送过来，不管你是坐在沙发上还是公交车上都可以听歌、弹琴、赛车、画画、下棋、购物、游戏、追剧了。微博、微信让人们一只手抓着公交车扶手或筷子时，另一只手紧紧攥着公共平台上每一秒钟都不可错失的世界。

窦娥去哪儿了？

从前，当我们的身边只有一把吉他的时候，情感就如一首民谣。如木心先生所说，从前车，马，邮件都慢，“一生只够爱一个人”。

现在呢？一辈子，不够用。

阳光底下怎么会没有新事？一直有。所有的概念都在被快速地刷新和偷换，现实不断地超现实，各行各业的真正对手其实是整个时代。在十几年前，司机还是一种像样的职业，公园门口还能租相机并能卖得出胶卷……商业和科技在高歌猛进，它足以动了所有人的奶酪，包括艺术。

世上唯一不变的就是变化！新的世界都已经来了，我们的方法论呢？

我们在搜索引擎中输入各种关键词，想解开难解的谜团，可往往写入的是“次关键词”、“临时关键词”，它让我们陷入更深的迷惑。在艺术理论、美学逻辑之外，还有时间理论、生命逻辑。外面的理论紧紧包裹着里面的理论，真命题死死踩着伪命题，新问题一直把老问题逼到墙角。

比如，当我们在议论某摇滚乐队的歌词与音乐到底哪个更牛逼的时候，其实更关键的问题是：有多少人在听抗议歌曲？他们的歌为什么被禁？乐队是否因为生存问题面临解散？

我们在为主题重要还是材质重要而开着摄影研讨会时，怎么不研讨一下为什么有摄影师站在胶卷店柜台前会犹豫是买十个还是八个？中国有多少暗房还在真正的艺术家手中被正常使用？那个国际胶卷公司为什么会宣布破产？

那么，到底窦娥还冤不冤呢？现实的问题是：有几人还能复述窦娥的故事？有多少人在拿着电视遥控器看到戏曲频道里哭着的窦娥而没有换台？有多少人还去戏园子听戏？有多少容貌姣好的窦娥还在学着唱戏？

皮之不存，毛将焉附？很多问题在被我们提出来时，已经不是原来的那个问题了。戏台空了，唱戏的没了，没戏了。艺术问题在随时被艺术之外的问题釜底抽薪。

河南巩义的宋陵，也是一个著名的不让拍照的地方。宋代帝陵有多处，有在市内的、市郊的，也有完全位于乡间地头的。其实这些陵墓在古代战乱时已被洗劫一空，只剩下地面一些巨大石刻。宋陵无疑是巩义最丰厚的文物资源，可是要开发的话，需要巨资，这大概是每一届领导都头疼的事吧。于是乎，各个陵的田头设一个看护室，各派一个老头在那儿守着先。他们的主要工作就是——不让拍照，大概是怕那些石像被拍走后会被拿去研究怎么偷吧。那些可怜的老头每月三百元看护费，日复一日地跟游客争吵。想想那些守陵老人，在余生要吵的架比之前吵过的总和还要多，实在让人不忍。

不让拍这码事，很快像不让活人尿尿一样不现实。去宋陵的人谁不拍照呢？慕名前来的人，说明对它还是感些兴趣的。关键是那些站了千年的石人石马到底什么时候才能呈现到现代人面前呢？不要等到把它们被开发出来端上台面时，已经没人拿它当盘菜了。百度“宋朝吧”里，有个网友在问：现在去巩义宋陵拍照会不会被摔相机？接着有人回帖：有什么好看的，里面又没有WiFi……

网搜“巩义宋陵”，没想到搜出一长串“巩义宋陵广场舞开心健身队”视频，焕发第二春的俏大妈们在宋陵公园内欢舞。点开一个来看，曲名竟然叫《今生无缘来生再聚》！不知我大宋帝王是否地下有灵，他们是愿意继续含泪憋屈还是随着舞蹈队的踢踏果断诈尸，出来共舞一支时代新曲？

当抗议歌手去当了娱乐主持，摄影家去开了婚纱影楼，当女演员被土豪看官从戏园子拐走，我们还在期待着疯狂呐喊、动人影调和那六月飞雪，甚至还在开会研讨，那真是比窦娥还冤呢。

新欢赶走旧爱，不断更替的欢乐终将一并成为冤情。

——《老炉殿内》 滑县

你是怎么走上摄影这条不归路的？

不想当乐手的厨子不是个好摄影师

去年秋天，我在北京参加首届“国际摄影双年展”，离京前我跟孙彦初住在草场地的博尚家。晚上很多朋友欢聚，毛卫东说，他在展场听到两个摄影师聊天，其中一人问对方：“你是怎么走上摄影这条不归路的？”一句话引得大家哈哈大笑。特别是这个问句的流畅性和不经意感，更确证了这行业注定的沧桑和无奈。

我总是能在几分钟之内，把那来时的路作一次闪回。

当初我摸相机的时候，数码影像时代已经开启。2002 年冬天，青岛网友悠晴给我传来一张她在海边拍的数码照片，大海边有游人还有彩色的热气球。她告诉我，这是她拍的数码照片，不用胶卷。我说，不错嘛，颜色这么鲜艳，不比彩色胶卷差啊！当时我正在做着一个幸福的娱记，打算买一台家用小 DV 玩，就是那张青岛海边的照片，让我决定把想买的 DV 改成 DC。

拥有了那台小小的数码相机后，我开始了上下班在路上的拍摄练习。现在回想起来当时真是疯狂地喜欢，上下班不坐车，就走，随时会准备拍照，每天能拍一两百张。当时报社有一个两个整版的图片专题板块，负责人是后来去了《新京报》做视觉总监的何龙盛，他看了我的一些照片后觉得不错，给安排做了一期图片版，取名为“一个文字记者的街头观察”，这是一件给我打了鸡血的事。当时报社摄影记者储璨璨辞职去了北京，他非常关心我的进步，走之前送了我一些摄影书和一台胶片相机。后来还经常让我发一些照片给他，他在邮件里跟我讲了很多关于构图、剪裁方面的知识。那个时候好像事情发生得都很快，在我用小数码相机半年之后，我动了当摄影记者的心。

到 2003 年 8 月份，当时报社的领导庄慎之同意我调到社会新闻部，从未用过单反的我领了一台 D30 去上班了。到现在我还很感激庄总，他看出了坐在他对面那个局促的年轻人是真的有梦想，并真的给了一个机会。

大量社会新闻的采访，对我在摄影上的锻炼是巨大的。那是一个有磨炼也有磨损的岁月，好在一直有“搞创作”的心，应该算是最值得庆幸的事。随后几年，我陆续买了徕卡、禄莱等胶片机，想边拍边找一条新路，一直到离开那里。

对于在音乐圈混过的我来说，一直不怎么恰当地把媒体的摄影部就比作夜总会、歌舞厅。当然，这只是从生存形态上来说的。很多怀抱理想的音乐人，年轻的时候要直接面对生活的苦苦折磨，敌不过，便去了歌舞厅，每日可有一两百块的收入。代价是每日伴奏或唱那些跟自己的作品价值观相反的“贱不溜溜”的歌。晚上干活，然后消夜喝酒，凌晨入睡，早晨从中午开始，傍晚又往歌舞厅集结。总是唱自己痛恨的歌，这是怎样的代价？久而久之，似乎也没那么痛恨了，换取衣食的满足悄悄熄灭了怒火，痛苦似乎转为安好，时间和心志都慢慢被消磨。摄影部，让以业务换收入成为可能，更何况是在曾经新闻摄影作为摄影水平领军的时代。大家挤进报纸、杂志，吃上摄影饭，做上职业摄影师，并每天获得一两百块钱的收入。摄影部主任像个歌舞厅乐队的领班，苦口婆心地让每个人的演奏无限接近原版。他们也像率先出道的优秀厨师，把手下的小弟培训成为都能标准化制作土豆炒肉丝的新一代厨子，水平无限接近于他，却似乎永远都不能超越他。歌舞厅供养了乐师，可能消磨了一个本可以写出神曲的音乐家。大厨也不愿多想可能手下的小弟中就有能源源不断创造新菜品的美食大师。

有一回，快下班的时候，另一位摄影记者哥们儿与我躺在沙发上休息。极度疲累的他苦笑着问我：“你看，我们是不是累得像狗一样，能看得到我们的未来是什么吗？”

我“腾”地坐起身，压低声音告诉他说：“能，是老狗！”

我无意对老同行不敬，这是我当时身在其中的真实苦闷而已。面对循环往复的苦挨，并无什么疏通机制和可预见的解决之道，包括新闻理想和艺术理想。这里，只是一个挨打又有骨头吃的地方。

我们在做着的事，似乎只是在让自己免于肉体死亡。

不过，成功出逃的艺术家也不在少数。有些人，天生狼性。

后来的路，就是以上文章说的所有的事。

我肯定还要面临当下的事和未来的事，因为本文开头都承认了的，这是一条不归的路。

让未来到来

搞摄影的人，多多少少会形成一种“摄影式”的思维，摄影的人会更明了感性的情绪和具体条件的关系，并能在变化中抓住连接它们的时机。会在行动中再选取、再调整、再判定，要求自己做到既好又稳妥。主客观的交融性也很像演奏乐曲，美妙的音乐与娴熟的手法是同生共存的。于是你就是在摄影中改变了诸多不适和不妥，逐渐转化为一个有着摄影思维的人，让它成了生活方式。这是好的，这是摄影的赠予。

短短几年，摄影已经挺进更新的时代，样式、方式都在变多，越来越自由也越来越方便。比如我们可以用手机上的卫星地图去找一座古墓，在还没有抵达它跟前就知道了它的样子；在山下就可以查看微博，通过当天网友留影就可以了解山上的人流量和天气；甚至可以在旅馆里通过微信“摇”出附近的旅行者，互相咨询或寻求搭伴。

有新方便，就有新困扰。GPS 定位让到达更快也更准确，可是“走错路”或许能带来的意外惊喜就会少而又少。高铁网络的延伸和连接令人兴奋，但那些原本要在老版火车上苦熬一夜才能到达的地方，变得只用五六个小时。原来那种“次日抵达”或“隔日抵达”的期盼感被剥夺了，听着火车轮咔哒咔哒想心事的夜晚也被取消。

江湖是可以形成经验的，即江湖经验。地方熟了，人熟了，困难在变少，各种方便在增加。朋友多起来，应酬也多起来了，也是困扰。我甚至会在重庆、郑州这些交通战略要地的朋友家中各存放一个包，厚薄衣物、洗漱用品留一套，甚至丢下部分胶卷，为的是下次前来可轻便出发。“且放白鹿青崖间，须行即骑访名山”，起初我还蛮得意于这种巧妙心思，随后又将这些归类为小聪明加以反思。不是这种方便不好、不必要，是图方便的心在越来越明显地滋长。

出行，从最初经常一个人挤在火车站汽车站的人潮中慢慢变成知道拼车；住店，从开始最关心的是否安全、能不能洗澡慢慢到后来变成很在意地问老板有无电脑或者 WiFi……当吃、住、行、用都变得忧虑渐少的时候，我觉察到自己走进了一种越来越娴熟的经验之困。经验一方面在帮助我们，一方面也是好奇心和进取心的大敌，当我凭经验取消了一次次可能会吃的苦、可能会扑的空，机会就变得越来越少。踏实的心境和种种未知与可能，都在被各种方便悄然挤占、填埋。

莫非我在变成“有条件理想主义者”、“局部理想主义者”？

我也很快发现，我拍得最多、拍得最好的时候，正是曾经仅凭两条腿走得最苦、最远，走得膝盖都发烫的时候，是在最疲乏的时候，也是心跳最剧烈的时候。虽然我们当初痛下决心与束缚我们的体制割袍断义，却转瞬又投入了另一个生态丛林。目的性变强，原则性在变差。条件好了，又会在各种条件中比较、选择，甚至开始觉得什么都不顺眼，不满意、不上档次。当我们在抱怨世界不像样子、难搞的时候，其实可能是我们变得不像原来的样子了。

看世界的路上从来就不应是什么驾轻就熟或左右逢源，我们到很民间的地方去，本为找寻久违的质朴和纯良，一旦起心动念与物质条件眉来眼去、偷偷共谋，到头来定会让自己无所适从，心生倦怠，出现真正的江湖告急。

曾经豪情万丈地要表演胸口碎大石，结果用巧劲未遂，抗击打能力不行，被大石碎了胸口。

拍不好不要怪社会，我常这样跟一些搞摄影的兄弟共勉。没有撞击，就没有火焰。如果知道什么好，如果知道怎么做才能最好，就应该知道怎么做下去。不是我多虑，也不是我焦虑，还是要纯粹，还是要勤勉。

让过去过去，让未来到来。

像别的人对别的行业痴迷一样，我们也没法忘记某年的某天自己的内心被一个叫做摄影的念头突然扰乱，它给过我们快意也给过我们勇气，真的希望它的那种美好、神圣能永在心中。“勿忘初心”，一些话因时髦而变得语意轻柔，我倒是觉得涂抹在公园墙上那些爱的留言、或者演唱会上粉丝含泪的标语牌往往更能道尽真心。去年，魔兽争霸的狂热粉丝在一次大赛现场打出令人动容的标语，来致敬陪伴了他们十年成长的至尊偶像。我实在不是一个擅长涂抹文字的人，在此处，我想夺过那幅字牌，面朝我心目中挚爱着的摄影。那字牌上写的是：

“时间与结局，都不能影响我们爱你。”

我的山峰、空气、水和浮屠，我为你而活。

——《大孤山》 湖口

旅程手迹

这牛皮纸日记本
竟是我最后一本日记。

那本日记未写满

2009年某一次我到重庆时，哥儿们石涛（别号石头）见我写日记，送我一个精致的线装牛皮纸日记本，大小很合适携带。那厚厚的平滑的纸面，看着摸着就想去写的感觉。我很是开心，觉得有很多可以吹牛皮的旅程可以在这讲究的本子里面记下。

其实之前两年我也记日记，平日不记，只是出门拍照期间记。大概是因为拍胶片的缘故，记下一些场景信息备忘，也在寂寞行程中跟自己说话解闷。通常都是到地方了才会临时在路边小商店里随便买一个本子记，并不讲究，小学生用的薄薄的练习本也买过。行程结束了，便收起了，下次出门再说。

之前记日记，通常寥寥数语。只记车船时间，经历的场景事件、旅店餐馆的名字，还会捎带记下花费，形成一点经验，以备下次查考。牛皮纸日记本引我慎重以对，先把之前一些重要日记誊抄在前面，新写的会多记一点经历和心情，尽量每天写满一页。对它的慎重如同对我自己旅程的慎重，每一天都不可草草结束似的。还常会提前把第二天的日期写好，像是给自己的督促引领，明天要继续。

七年前，《我爱这哭不出来的浪漫》首版前，我曾把日记本的粗线拆开，挑了几篇扫描，觉得似乎可以放于书内，佐证旅程。后来一想，大家未必知道你是谁，在干什么，让人安心看书内的文字就好，辅以日记或许会添乱，便暗自作罢，这事也并未告诉编辑。

可叹的是，这本日记本记了两年后停了下来，页码大概只用了一半。因为智能手机到来后，我开始在手机里的记事本上写，可以随时在途中写，而不必等到晚上趴在旅馆的枕头上时再写。手机上记得更简短，看上去像个时刻表和账本，但查找起来确实更方便了。十年以来，在我手机里日记竟然也写了几万字。手写的日记本就再也没用过了，封存了起来。

这牛皮纸日记本竟是我最后一本日记。

曾经记在里面的铁皮班船、三等舱、多人间、水翼艇、绿皮车以及无数景观都渐渐消失殆尽，看着曾经仔细记下的时刻表，我知道那里再也没了启程的车船。

少年义气江湖远。如今重获机缘，放些影印的日记给大家看，虽显仓皇流离，但也心安了一些。毕竟时光隧道长了一些，时间确实是可以感慨的凭依。

前段时间，石头有天晚上给我打电话，说小石头渐渐大了，时间多些了，什么时候咱们再出趟远门一起拍照。我说好啊，随时可以，你还记得在宜昌那个你走了又回的下午么？你带回来营养快线，冰镇的，我想喝，我有十年没喝过它了。

2007 2月20　正月初三

9:35坐往万州的车，车费100，3个多小时到。住新闻宾馆。去江边码头走走，天晴很蓝。不想在万州多呆了，决定明早离开。晚上吃的蒸笋格格。

2007 2月21日　初四

坐上慢船去云阳，船上偷拍的卧佛，拍了一些还不错。11点多到云阳。城的午饭，回到码头坐1:20的飞船往奉节，船费106，时间会大大缩短。但船上没得拍。

晚上到奉节老城夔门正对面的山上瞿塘关博物馆住下。晚饭与守门的夫妻一起吃的。给了饭钱他们不要。

这个地点太壮观，快意。

世界上如果可以数几个最颠覆的地方，我猜这里可以算一个！虽然我没有去过什么外国……

2009年2月3日初九

解放西边家庭旅馆是和衣而睡的，老板拿钥匙开了门给了瓶水就没有出现过。好在有两床被子。4点开始醒了，三次看时间。7点起来。开后门到后院拉屎，原来还没起雾，天上的星星都看得到！美死！

还是躲不开大晴天，还是得拍。

天亮是7点，街上无人，雾从山下。太阳出来了，奇强的光线！撤！吃肉丝粉。

9点多坐上往西昌的车。到火车站，无票！买了N782站票，决定上车补票找卧铺。

晚7点40至西昌火车站，人山人海!!!

车票没有座，但写着17号车厢。与王达凌上车后在过道站着，到处是人！都是过了年出去打工的。王达凌拿着记者证去餐车10号车厢办票。我在原地看着包。

惨啊！太挤太热，分分钟有人从面前过，我拿着4个大包还有小箱子，拎也不是，放在地上也不是。咬牙忍着！

过了好久，王立凌打电话来，说到餐车了，补票没问题，让我从下一站停车时下来往前跑。

说话就到了第一个站，站台上也都是人！17车的门又偏不开，我拎着包朝16车挤！急！到16车门口发现站台上很多人上车，还有人没上来！！我决定还是下车，挤下来，玩命往前跑！跑到12车位置，发现前面的车门都关着！站台上工作人员拿喇叭喊我，问我是不是上车的，快上，车快开了！只有从12车先上。一个彝族小伙帮我接了包，上车了。只在车门口站定，和那彝族小伙抽起烟。王立凌挤过来，一起挤到餐车，已满身湿透。

找车长补了票，75元，9点半了。2号车11铺中下。天亮即可到成都。

换下的衣服已如水洗。

熄灯了，还是在出汗。

惊魂未定，倒而睡不着了。

2009.2.3晚西昌—成都
西昌—成都

2009.2.7 初十 雾

早上6点起。去喜年来豆浆、糍粑。

打车去磁器口。拍得一般，水大了。

公车中午回。睡了半小时。

拍了一张阿星车带面膜的。

2点，跟志宇、阿星车去朝天门大桥。雾大，巴适哦。大桥像是从天上牵拉下来。

再步行至洋人街。阿星车手腕还有计步器。这些天大概每天走两万步。

很好的雾，不同凡响！

拍了个红衣骑马的人。拍了个下蹲的米老鼠。那扮米老鼠的演员下了山坡摘了头套，原来是个中年妇女。一头的汗，头发很乱。她靠在墙边休息，与一清洁工说话。我站在路对面看了一会才走。

些许伤感，些许伤感!!

2009.2.8 正月十四
周日

上午铁山坪，雾没有想像的大。

中午回来吃的鸡杂火锅。

午睡了会。志宇和阿子去上班了。我四点半一人出去，去十八梯看看。打车到凯旋路，走下十八梯，除了些店铺，没什么生活气了。一张没按。走下江边。至珊瑚坝，有人冬泳。一堆胖冬泳的人短裤头透明的。

打车到朝天门广场，人少，很少。天渐色将暗时，在台阶上拍了位有很高发髻的胖女人往下走，慌忙冲过去按了，不知准了没有，不过无所谓吧。她好有派。

一个人在朝天门坐着，看着两江水汇合。寂寞流满一这个被我行走习惯的地方，我爱这里，感谢这里！

忘了吃饭。吃不吃呢？这是个问题。

2009年6月17日 阴

8点多醒，吃早餐，收拾东西。

11点多到瞿塘关，租小船进河去半岛上的博物馆，找馆长魏老师，借宿住那。魏与我们聊了很多关于三峡旅游的忧虑和见解。他强烈建议我们应该去爬赤甲山，当地人叫桃子山，即夔门的山尖尖。我们决定放下行李去。3:40出发，由馆内一田女生工人带路，先去山背上的人家住，明早登顶。

山间绕行，往上爬的路基本上就是水往下流冲出来的沟，没水了形成的路。4个小时到住的地方：他的一个兄弟家，条件很差，很穷。这么高的山上只有两三户人家。

主人给我们炒了腊肉，土豆片。喝稀饭。

晚上三人挤一床，枕头都是霉的。

晚饭后在门前坐着，能看见远处灯火，远处草堂的灯火比较明显。

期待明早登顶！

2009年6月18日 晴

4:30闹钟响即起。

主人带队上山，5点出发一小时即抵达夔门山顶。此时6点整。四周有些小树丛，些许不爽。往下看长江与在飞机上往下看江山无异！

王远凌激动地干脆摆起了人体瑜伽招式。7点整下山，主人家早饭。还是腊肉土豆片、稀饭。饱了，下山，往回走。

真热啊，上午气温急升，特别是走在一些很高的草丛中时，气温感觉有40度。走了6个小时，中午1点才回到瞿塘关！

买了方便面、啤酒，洗澡洗衣，躺下。

身上全晒红了！午睡至4点半醒，下去炮台拍猴子。

晚饭后泡杯茶去顶台休息。远近灯火，星光点点，人生啊，渺小。在山河与时间的参照下！

赤甲山(桃子山)
晚上住这
瞿塘关
白帝城
宝塔坪
07.6.18
奉节老城

2009.6月20日.小雨

5点半起，雨还在下，不大。打伞出去转了一圈，什么人也没有，即回。

早饭后打车去5号码头。上了去碚石的船等。船是8点半的。现在是8点。

今天就要离开重庆地界了。我的天。碚石码头下，等巴东来的船，仍去去年那石墙边靠着等。从巫山到碚石的船费是10块。

小码头上仍是卸货的民工。扛东西下船。他们穿的挡风防护是带帽子的，看上去像企鹅似的，身材也矮小。泥泞的地面上，大床板一块一块背上岸。十分艰辛，价格非常低廉。这山沟里，难得有挣钱的地方罢。

12:40船来，并不熄火，上人就走。两人30元。船还是那个老板营船。感觉嗓子有点不对。可能是在船头拍照风吹的。船上买了两瓶矿泉水一饮而尽。可不能感冒啊！

2009年6月20日

夏至 父亲节　　2009.6.21 周日．阴

6点闹钟响，睁不开眼，又加了半小时才起，浑身疼。今年不拍了，早饭后坐船去秭归。

秭归！秭归！

新的兴奋点，陌生地要到了！

7点退房，去昨天的鳝鱼面馆吃了碗肉丝面。

江上很大的雾。8点售票，排队买。

8点半坐船，巴东一太平溪 110元

我国的水翼艇做得不错，水上飞机啊，飞机在白雾下穿行。

我们坐在中舱右后方两个独立的座，喜欢这。船上中部机房有开水炉。

电视上在播新上海滩。

9:55到终点站太平溪。

去宜昌的旅客上岸转大巴走，我们往镇上走。街中间夷陵招待所住下，60元。厕所好极了。准备住两日。

蛋蛋发来短信，有人送来全聚德烤鸭，说留点儿给爸爸吃。

2009.6.22 极晴

5:40起。热干面，咸。

朝江边走，一会就晒了，到轮渡码头坐了一会，无甚收获。7:50上网吧，没邮件。看新闻，回房歇。2块钱。

几天来竟然喝了几次营养快线，觉得挺好喝，有机会买给费文喝。

11点半退房吃饭，土豆丝，回锅肉，很好吃。去等轮渡，毒辣的太阳。天气预报是阴，有这样的阴吗?!

渡口斜坡上有个棚子，有椅子坐，还有一张大长桌。坐了一会儿，还有些风来。

2点半船到对岸茅坪渡口，即秭归港隔壁。有个凉亭，不错，坐下歇息。

20元小巴至大坝下游转，然后沿江也一直走，去三斗坪。遇到"东方杂技团"，小演员在化妆。再转回来时他们在一居民区空地开始演出，还有喷火！

云龙酒店，百元住下。老板说明日可搭船去去宜昌，每人十元。

2009.6.23 周二

6:30醒，出去转了20分钟，天甚可怕，买了俩油饼回来吃。

9点退房。轮渡2元到对岸乐天溪镇，坐上的士10元到夜明珠，即葛洲坝，再换的士去宜昌市内。

在江边步行街下，寻到迎江商务宾馆套间，有电脑200元。行程快结束的感觉。

买了火车票，6.25到广州的，周五可以陪他俩了。

中午出去转了一小时，午饭后回来，睡一觉。

6点再去江边，先往右，后往左。江边人来人往，岸上不少跳舞的人，很成规模。傍晚有带灯照亮的气球拉住、多彩、剔透，生活里超现实的一面。

小街上吃煎饺、烧烤，39元。回。

2009 宜昌—广州 2288次

6月25日 19:19分开 15车019下铺

2009.6.25 周四

早上6点起，打车去儿童公园，拍了一扇荷花门。回来洗澡上网看电视。窗外很大的太阳。又是要结束的时刻，这次却没有多少伤感。心态更平静了。一步步走。

12点退房吃饭，在后街，两荤一素，50元才。

与石涛一起走到江边，离码头站不远的竹林圆台上坐着，抽烟，聊工作，未来。1:54，石涛去坐汽车回仙桃老家。握手别过，说着下次再有机会一起出去玩吧。

我一个人继续坐，竹林边有风，一点也不热。再见了宜昌，再见了三峡。6月7日出门时我在火车上写道：我希望 当我回来的时候，如往常一样满载。满载么？好象还不错。

石涛回来了！他没赶上上一班车，改成4点的，带着两瓶营养快线。继续坐。剪指甲。

3:36石涛走，我继续坐。

短信问王老凌拿到冲出的胶卷没有，他说拿到，片子不错。并说他爷爷去世了，在办丧事。

中午洗澡后，胳膊一抓就掉皮，这就是生命。

去阿尔山　　2009 10月6日 多云

早5:45闹钟响。冷。6点半才出门。

这地方小，好转。

路口坐着一个女孩，边上堆着衣物，一个暖水瓶，一条狗。拍了下来。在村里转了一下无电，早上一圈，已经很好了。

11点整离开阿尔山。

出城遇到电线上行走的工人；修楼的工人，弯道的墙上的轮胎是彩色的，进入仙境的样子。

天上鱼鳞斑状的云密布，很底很底。

一直行，一直向西北，笔直的路。夕阳西下，像行在天堂之上。

天擦黑到新巴尔虎右旗，一番周折找到阳光旅店，150。吃水果当晚饭。房间有电脑，看电视。11点多睡了。

满洲里　　2009　10月7日　晴一多云

闹钟5:30响

又耽搁20分钟，6点10分左右出门。

向南穿地行进。拍了放羊人和羊，就是很北方的样子。

早餐吃包子小米粥一玉米。

收拾东西，9:50出门，走呼伦湖去满洲里。此路上有牧民骑马放羊。12:35即到满洲里，住新商务宾馆。80。洗衣服，擦洗。

4点多开车出去，套娃广场，国门。冷！

回市内，俄餐，还行。

晚上回屋上网。

阿荣旗

2009 10月8日

5:30起

宾馆后面空地，像是主要种菜的村子。

7:30回屋，继续上网。看看众人留言。10:40出宾馆。吃拉面。

11:20出发向东。路上遇上一阵雾。晚上到阿荣旗。像是一个比较汉族化的县城。先吃饭，大羊肝、手把肉，75元。住金鼎宾馆。

阿荣旗街上都是桃，杨树，不再像内蒙腹地的景象。

多年之后我可能不会记得一些地方在哪。记不了就是那么回事不记得。根本不用谈有没有什么收获。都感恩!

到哈尔滨　　2009年10月9日周五

早5:30起。

沿大坡去林地，绕村转，一直没东西。回到马路边，一纪念碑跟前遇到一妇人在烧纸。

早饭吃包子、馄饨。回屋喝茶。

10:20退房离开阿荣旗，奔哈尔滨。

32卷了，差不多了。很难以表达。

午12:15在齐齐哈尔郊区收费站前，我们的车猛踩刹车还是顶到了前面一个小面包车尾，赔了两百块。

经大庆到哈尔滨。住7天连锁酒店。

天黑得早，5点出来已早不见阳光。去索菲亚教堂前坐了会儿，没拍照。有音乐像电影。一切在变缓慢，像一部电影快到了终场。晚上吃的是麻辣牛筋面，

可以！

2009.12.24 周四

早上还是6点半起，洗澡，磨儿到8点20出门。坐车到菜园坝，两站而已。下得江边桥下，撞了个用大锅在江边烧废电线取铜的。往朝天门走，坐船去野猫溪，再坐车至洋人街。很多人都戴起了小红帽，圣诞节了。

往东走，过了垃圾场，回首看时有热气球升起。拾荒人在垃圾堆里转悠着。现实如苦难，热气球又像在苦难中升起～

大佛寺坐车到老码头站下，码头石坡上已无甚可拍，这一次觉得累了，走不动了。打车到喜年来吃饭，红烧肉饭，14元，可以再加饭。

买了回去的火车票，350＋10，胶卷258＋登山包250，近800多就没了。

跟文化驿计划去鱼洞。

2009.12.26 周六

早起成功，去鱼洞。公车，先到江边，啥东西没有，以为真的неж。往下游走，还是没有。坐船到大江，鱼洞长江大桥下，几个小孩在很平的江边碓石上玩滑板，雾中。

继续在河心的卵石上走，亿万卵石。一台抽沙的机器轰轰作响，像个大啤酒瓶，一个工人在上下忙来忙去。拍了几张，离开几分钟回头看时，发现那工人竟躺在那抽沙机上休息！抽沙机可没休息，仍轰轰地响，于是又奔回去拍下。

一排斜坡堤缆车下有些钓鱼的人，环境很好看。

公车回，很远。

跟石涛吃饺子，晚上住治宇家，夜里发现停了一下电。

2010.2.13 周六 年三十

早上羊肉汤。说去古荥，犹豫中上路，骑自行车去！远啊。多少年没骑自行车了。

一段战国土城墙免不得凄凉，在上面的草丛上吃了午餐：我们带的鸡肝、烧鸡、饼、花生米、牛奶，全是凉的！

其它无甚可拍。痛苦的归程，真远。一路累得直后悔，骑不动，最后骑几分钟就要下车推行一段。

天擦黑回到郑州，四下里已有零星炮声响起。我的除夕，无心的除夕！

晚饭是酸菜鱼、一杯白酒。在满包的电脑上看了会春晚，烂哦。

膝盖疼。明天休息。然后看看要不要去巩县。尽快去开封也好。

我们这样的人，心里没有春节…

2010.2.28 正月十五

起床后发现郑州下雨，降温了，严重。10时许出门转去。奇冷，因为衣服洗了未干，只穿了一条衬裤。身体不听使唤了。赶紧找了个店买了一套内衣，30元。立马穿上，暖和了。要不是这套内衣，到晚上吃感冒药也不止30块。

正午时下起了冰雹，西米露大小。

下午和彦初去给北京的胶卷店汇款。我买400TX 20个，570块。到目前为止，还剩14个，肯定不够去陕西的了。

白天想起5、6件事准备上网查看，晚上上网又全然忘记。没带笔，记不住，脑子里都是不断流动的东西。

今天彦初看我显得着急的样子，问我：难道你非要每天都拍照么？我也想了很久，出门是可以不带，感性与理性总是打架，可能是我的修行还不够吧。

2011年12月7日早8点，高铁奔衡山西，
260元。9点19分过郴州西，小雨，好雾，
心里开始激动了一下。
9点52衡阳东，没雾了。去！

小杨接，摩托车，买了雨衣一件，直接进山
门，没要票。1点半去福严寺见了登愿师
傅，他和一众僧人在画室画素描。
去南台寺，没见到正休师傅。去灵芝泉，
麻姑仙境，紫竹林，邺侯书院。走回。累。
9点睡。
12月8号。6点40分起，换背包，雨來，小杨
开摩托送至南天门。大雾，冻手。到12点，
4卷拍完，突然发现无胶卷了。下山在旅店
又找到2个。做梦一样，下午离开南天门已
无甚可拍。4时回屋，不能动了。

12月9号。无雨来了，未早餐。小杨送到南天
门后车无油，溜下去的。山上有流雾。12点15
往藏经阁方向走。一路无人恐怖。

竟然遇到个"天下鬼都"的离奇景点。寒风呼啸中拍了几张。遇到一个客人，我问路，他说他也是找不到路，要往回走。真恐怖。还是往藏经殿方向走，找到了。但在大修，除了几个工人，无人来。冤。

一人走下山去，5公里，夕阳照在有绿苔的树干上，格外好看。途中上了掷钵峰，能看到南台寺的塔。正休师傅就住在上面。

晚饭后，店里涌来了30多游客入住，吵死人。

10号。吃面后，送至半山亭，经穿岩诗林走到忠烈祠。40块坐车上南天门。祝融峰光秃石头顶上有个雷达一样的东西。12点15下山，经磨镜台至南台寺。金刚舍利塔见到正休。谈心，关于因果，关于灵魂、根本。极冷，个把小时后终于坐不住了。飞奔回住地，晒鞋袜。

我的出世与入世，与正休相比，算得了什么呢？这一生，好短。我还回答不了师傅的问题。

2012年2月12日 火车往郑州
13日巩义，14日偃师，15.16日郑州。
17日—19日滑县。
20日开封。
21日西华县，教育酒店60元。
22日淮阳。
23号下午火车K889去兰州。
24-25兰州
26号下午火车去敦煌。27号晨达敦煌。
上午古城下午莫高、三危。
28号雅丹。下午6点50火车往玉门镇。火车上人少，极欢乐。有很好的暖气，竟在车上洗了袜子鞋垫。9点多至玉门镇，招待所，20元一人，隔壁厕所味太大。
29号早8点50汽车往玉门老市区，武装部招待所。60元。
2012年3月1号中午往嘉峪关，15块5。
见好宾馆，景区没进，嫌贵。在外围转。
也不后悔。

3月2号中午火车，2点半到了张掖。大太阳。JB招待所真脏。没除夜。去看了大佛寺，保存之好令人惊叹！

3号李师傅车至丹霞老雷家。100块钱，景区补票20元。拍4卷。晚上开始下雪。

4号早晨又进山，雪已不同风向。很尽兴。

2点10分离开老雷家往张掖。西站5点去山丹县。40多分钟即到。阳光宾馆。重感冒来袭。

3月5号早9点山丹至一场汽车。3小时到。牧马人宾馆。楼下有便宜的小砂锅。阴间晴，看赛马，在雪地上。一匹可以比赛的好马突然得了怪病，只有杀掉。买了双当地人穿的靴子70元。

3月6日，无啥拍，重感冒。中午汽车回山丹县，仍住阳光宾馆。洗澡洗衣。

3月7日。11点30退房，立即坐上中巴，41元至武威。雷山宾馆，80元，很好。雷台汉墓．文庙。3月8日 森林公园，西郊公园．海藏寺．

3月9日，大巴去兰州。并不快，中途还停。下午1点多到．川菜吃饱去火车站。火车4点56开．奔成都。

3月10号，下午2点到成都。打车到东站，吃肥肠粉，3点16动车．5点半到重庆。

七哥来接，吃牛尾汤。住在指老大的学豪酒店。

3月11号，七哥陪去华岩寺，观音生日，香火极旺。去王宏工作室玩，院里喝茶。冷。

3月12号。跟石涛．胡怀琳一起开车玩。无拍。在~~[illegible]~~珊瑚坝见一女人牵了三条狗子，好多人看，子力也来了。

二郎侄俩来了。晚上肥肠火锅，喝茶。

3月13号，随七哥去木洞．长寿．途经珞璜老街。

3月14号，飞机回广州。王宏复古的跑车送！

沿途冲卷~~~

图书在版编目（CIP）数据

我爱这哭不出来的浪漫 / 严明著 .-- 北京 : 北京十月文艺出版社，2021.11

ISBN 978-7-5302-2194-5

Ⅰ.①我… Ⅱ.①严… Ⅲ.①随笔－作品集－中国－当代 Ⅳ.①I267.1

中国版本图书馆 CIP 数据核字（2021）第 206726 号

我爱这哭不出来的浪漫

WO AI ZHE KU BU CHULAI DE LANGMAN

严明 著

出　　版　北 京 出 版 集 团
　　　　　北京十月文艺出版社
地　　址　北京北三环中路 6 号
邮　　编　100120
网　　址　www.bph.com.cn
发　　行　新经典发行有限公司
　　　　　电话 (010)68423599
经　　销　新华书店
印　　刷　北京富诚彩色印刷有限公司
版　　次　2021 年 11 月第 1 版
　　　　　2021 年 11 月第 1 次印刷
开　　本　880 毫米 ×1230 毫米　1/32
印　　张　8.5
字　　数　104 千字
书　　号　ISBN 978-7-5302-2194-5
定　　价　68.00 元

质量监督电话　010-58572393

如有印装质量问题，由本社负责调换。